Tipik junior

Dix petits Blacks

Didier Convard

Illustration de couverture :
Paul

Magnard Jeunesse

chapitre 1

Bancloche

« **Si le tonnerre te souffle un secret,** enfouis-le au plus profond de toi. Loin dans un puits creusé au centre de ta mémoire. Et ne cherche plus jamais à le réveiller. Il faut qu'un secret dorme comme une eau croupie à laquelle nul ne doit se désaltérer ! »

C'est ainsi que Léopold l'avait mis en garde. Il s'en souvenait comme si cela s'était passé la veille alors que plus de trois mois s'étaient écoulés depuis. Trois mois !

Bancloche haussa les épaules et fit la grimace en repensant à cette période qui avait transformé son existence, l'obligeant à quitter la banlieue de sa petite ville d'Afrique pour venir grelotter de froid dans Paris, sous l'hiver.

Trois mois à fuir, à se terrer la nuit dans des taudis crasseux, gelés et grouillants de rats affamés, à se méfier du moindre bruit, à craindre les ombres…

Les ombres. Comme dans les légendes que Léopold lui avait tant de fois racontées dans son enfance. Les ombres qui sortent de terre, la nuit, silhouettes grises aux yeux de braise, fantômes de fumée animés par le souffle du diable. Elles rampent sur le sol en geignant telles des âmes damnées et passent sous les portes des maisons pour chercher leurs proies.

Léopold affirmait qu'il les avait souvent vues. Toujours dans la chambre d'un malade que la mort guette. Le vieillard assurait les avoir chassées par des formules magiques et des gestes rituels. Un enseignement reçu de son père…

Bancloche ne croyait plus à ces contes qui l'avaient pourtant fait frissonner. Il était devenu un adulte à l'esprit rationnel qui pensait que cette Afrique de légendes, de grigris, de masques et d'amulettes n'appartenait plus qu'à un folklore pour touristes crédules.

Et lui-même avait bien changé ! Comme son pays, qui s'était modernisé et était devenu l'enjeu des grandes puissances. Lui, Richard Manska, brillant ingénieur, était devenu Bancloche, un sans-logis, un vagabond…

Son pays avait sombré dans le chaos. Dans la misère et la corruption. Oui, il ressemblait à ce pays qui aurait pu vivre heureux et paisible mais que des criminels avaient déchiqueté et dépecé.

Il remonta le col usé de son manteau et ajusta sur son épaule la courroie de son sac, qu'il portait en bandoulière. Il devait marcher… Marcher pour ne pas mourir de froid. Arpenter les rues de ce quartier de Paris jusqu'au soir. Et, surtout, lutter contre le désir d'entrer en contact avec les Neveux. Car il avait été convenu entre « eux » qu'ils ne se réuniraient que les lundis dans un lieu précis. Toujours le même.

Bancloche était impatient. Il avait froid et souffrait des pieds. Ses chaussures trop grandes le faisaient boiter. C'était d'ailleurs à cause de cela que des sans-logis, au Resto du cœur qu'il fréquentait depuis le début du mois de novembre, l'avaient surnommé Bancloche.

Il bourrait régulièrement le bout de ses chaussures avachies de morceaux de papier froissé, mais cela ne l'empêchait pas de boiter. Il s'était habitué à sa démarche de pingouin, se rassurant en se disant qu'ainsi, il passerait encore plus inaperçu. Les tueurs lancés à la poursuite des Neveux ne chercheraient sans doute pas leurs proies dans la population anonyme des clochards de Paris.

Bancloche fit passer le temps en regardant les vitrines de quelques magasins décorés pour Noël. De rares gosses venaient y coller leur nez, évitant de s'approcher trop près de lui. Il savait que son aspect général n'inspirait pas le respect. La pitié, tout au plus !

Puis ce fut l'heure de regagner son abri, un squat qu'il partageait avec une pocharde. Il la croisait seulement de temps à autre et lui rendait parfois de menus services, l'aidant à monter les marches bancales qui conduisaient à l'étage où elle avait creusé sa tanière, la couchant sur son grabat quand elle était trop saoule, s'inquiétant, au matin, de savoir si elle respirait encore !

Il la trouva ce soir-là assise au pied de l'escalier, le souffle court, le visage cramoisi, incapable d'entreprendre seule une ascension périlleuse.

« Ah, te voilà, Bancloche ! dit-elle avec soulagement. Je t'attendais et m'demandais si tu rentrerais enfin.

— Nous ne sommes pas mariés, que je sache !

— Dommage, mon grand Black, railla-t-elle d'une voix pâteuse et incertaine.

— Je vais te prendre par la taille et te hisser, mais ne t'imagine rien, n'est-ce pas ? »

La femme émit un petit gloussement et un rot.

« Excuse, fit-elle en minaudant. J'sais pas trop c'que j'ai avalé avec les amis. Faisait froid ; j'ai éclusé du râpeux et du corsé pour me réchauffer le sang. »

Bancloche souleva la matrone comme un sac de sable. Aussi mou et inerte.

« Que tu es lourde !

— C'est le malheur, Bancloche ! J'en ai bouffé, du malheur, tu sais ! C'est ça qui m'a fait de la vilaine graisse.

— Tu bois trop, surtout. Je te l'ai déjà dit, un matin, je te retrouverai morte. »

La femme soupira et articula :

« C'est c'que j'me dis chaque soir en m'endormant… Pourvu que j'sois morte au matin ! Et puis j'me rends compte que j'respire encore. Tu vois, la vie est mal faite. Y'en a qui veulent décaniller, comme moi, et qui restent vissés à leur chienne d'existence… Y'en a d'autres qui ne demandent qu'à vivre et qui clabotent sans crier gare ! Le destin, gars. »

Bancloche ne répondit pas. Il se battait avec l'escalier pour y faire monter son fardeau. La femme ne faisait aucun effort. Elle était sans forces, sans énergie. Une grosse poupée de chiffon qui ne cessait de se plaindre. Chaque marche gravie était une victoire pour l'homme.

« Nous y sommes ! souffla-t-il enfin, les tempes battantes, le dos couvert d'une sueur froide.

— Tu es si fort… »

Elle le regardait avec des yeux de poisson. Vides et pitoyables.

Il avait horreur de ce regard vitreux. C'était le regard d'une noyée qui se laisse couler, happée par le courant d'une vie misérable et inutile. Tout y avait été gommé. Tout un passé, des souvenirs, une famille, des amis… Il n'y avait plus que cette expression de perpétuelle interrogation. « Quand ? Quand serai-je enfin libérée ? »

Bancloche la dirigea dans l'ombre du taudis encombré de gravats. Un vent glacial traversait la pièce.

« Allonge-toi, lui proposa-t-il en allumant le petit réchaud à gaz. Tu vas essayer de dormir, maintenant. Je vais chez moi chercher une autre couverture.

— Non, murmura-t-elle, épuisée par la montée de l'escalier. Tu es aussi mal logé que moi, Bancloche. Ne te prive pas… J'en vaux pas la peine. »

Il se sentit honteux. Il ne pouvait pas lui avouer qu'il avait les moyens de s'acheter autant de couvertures qu'il le désirait mais qu'il s'était interdit de le faire. Les Neveux avaient fait le serment de ne pas se trahir en montrant le moindre signe de richesse. Il leur fallait jouer leurs rôles parfaitement.

Il s'assura que la vieille femme était installée assez confortablement pour ne pas trop ressentir le froid mordant de la nuit. Il fouilla dans le désordre de la pièce à la recherche de quelques morceaux de carton avec lesquels il la recouvrit en espérant qu'elle ne bougerait pas trop. Puis il éteignit le réchaud. L'ombre parut d'un coup plus sinistre.

Il allait sortir quand la femme lui demanda :

« Quel est ton secret, Bancloche ? »

Il fut pétrifié par la question. La gorge sèche, il essaya de paraître naturel :

« Pourquoi me demandes-tu cela ? »

De sa couche, la femme expliqua :

« Je t'ai observé, gars… T'as de belles manières. Tes mains sont fines et t'as beau être une cloche, elles restent propres. T'es pouilleux tout comme moi sauf que t'as les mains toujours nettes !

— Une manie, sans doute, remarqua Bancloche. Et je porte des gants, dans la journée.

— Ça suffit pas, garçon. J'ai rarement vu un clochard se laver les mains. Surtout l'hiver ! T'as vu les miennes ?

— Dors ! » insista Bancloche, irrité.

Il reprit son chemin dans les ténèbres glacées.

« Merci, souffla la femme alors qu'il allait refermer la porte de son taudis.

— Merci de quoi ? s'étonna-t-il.

— Pour l'escalier… J'aurais pas pu, toute seule ! »

Il referma la porte. En redescendant pour se rendre dans sa pièce, il se sentit mal à l'aise. Je pourrais… pensa-t-il. Je pourrais utiliser un ou deux billets, discrètement. Je lui achèterais un duvet bien chaud… Sans rien dire aux Neveux !

Son serment le lui interdisait. Ce serait trop risqué et pourrait compromettre le travail de trois mois de patience. Il ne restait plus qu'un mois, un simple petit mois avant l'arrivée de l'Oncle.

Rien qu'un mois à tenir dans l'hiver, la misère et la honte.

Il se défit de son sac et s'allongea tout habillé sur l'amas de linges humides qui faisaient office de lit. Las, les pieds endoloris, le dos brisé d'avoir soutenu la pocharde, il espérait que le sommeil le prendrait rapidement.

Il entendit un craquement dans la bâtisse. Sans doute le vent qui faisait travailler le bois des planchers éventrés.

Bancloche s'endormit. Il plongea dans un mauvais sommeil à cause de la fatigue accumulée toute la journée.

Il eut bientôt conscience de rêver… La nuit devait être relativement avancée ; ses bruits avaient changé d'intensité. Il faisait froid. Plus froid que toutes les nuits précédentes. Mais Bancloche n'eut pas le courage de se lever pour s'assurer que la fenêtre était bien fermée. Il rêvait…

Il était en Afrique. Avec les Neveux… Il y avait le vieux Léopold avec eux. Le sorcier leur désignait un point sur l'horizon éclairé par une lune énorme et blanche. Un animal qui venait vers eux, lentement.

« Fuyez ! Fuyez maintenant, leur criait Léopold. Il vient pour vous… Il vous a trouvés ! Fuyez, mes enfants ! »

Le rêve devenait un cauchemar. Bancloche et les Neveux auraient bien voulu s'échapper, mais leurs jambes refusaient de les porter. C'était une impression terrible d'impuissance. Ils étaient englués dans l'horreur, immobiles et vulnérables.

Léopold avait disparu, comme cela peut se passer dans les cauchemars. Disparu en une fraction de seconde !

Les Neveux hurlaient de panique et imploraient des dieux anciens que seules les légendes se rappellent. « Il » approchait. Sa forme se dessinait dans la nuit… Une grande silhouette qui avançait méthodiquement, féline, faisant jouer tous les muscles de son corps géant.

Bancloche sut qu'il allait mourir. La gorge broyée… Pourtant, lui, Bancloche, ne devait pas mourir… Pas lui ! Pas maintenant.

La neige était tombée dans la nuit, étouffant les bruits de la ville. Au matin, la pocharde se réveilla en maudissant la vie. Elle toussa longtemps à s'en déchirer la poitrine et décida de se lever pour se rendre au Baltos, le bar qu'elle fréquentait régulièrement. D'abord, on lui servirait un ballon de rouge qui la réchaufferait un peu et Pierre, le patron, lui offrirait un croissant.

Elle ajusta son châle troué autour de son cou et, la démarche mal assurée, sortit de sa chambre.

Rien ne bougeait au rez-de-chaussée ; Bancloche devait dormir encore.

Elle passa devant sa porte et remarqua que celle-ci était ouverte à moitié. Elle s'en étonna.

Bancloche avait l'habitude de garder sa porte fermée pour se protéger des courants d'air.

Elle cogna. Aucune réponse. Elle cogna encore, plus fort.

« Bancloche ! » appela-t-elle.

Le silence.

« Bancloche, c'est moi. Ça va ? Tu fais du lard, gars ? »

Elle ouvrit entièrement la porte pour jeter un coup d'œil dans la pièce sombre. Il y faisait très froid.

La pocharde mit quelques secondes avant de réaliser et de comprendre la scène. Bancloche gisait sur le plancher. Il était recroquevillé sur lui-même, totalement immobile, une fine pellicule de givre lui recouvrant les épaules. La porte restée entrouverte avait fait courant d'air avec les volets de la fenêtre et permis au vent de passer entre les panneaux de bois disjoints.

La vieille femme s'approcha du corps, se pencha et le secoua, d'abord timidement, puis plus nerveusement.

Mais Bancloche n'eut aucune réaction. Il était mort. La bouche ouverte en grand, les yeux exorbités, défiguré par la peur et la douleur, maculé de sang.

De la neige s'était accrochée dans ses sourcils. Il était mort après s'être certainement débattu, car ses vêtements étaient en désordre et une manche avait été déchirée.

Une mare de sang rouge s'était figée sous lui.

La femme resta quelques minutes au-dessus du corps, incapable de faire le moindre geste, l'esprit gelé et vidé de toute initiative. Elle ne parvenait pas à détacher son regard des plaies béantes au cou et au visage de Bancloche. Elle se redressa enfin et s'ébroua comme un gros animal resté trop longtemps dans une eau froide.

« Quel était ton secret ? »

Elle ne le saurait jamais. Pour elle, ce grand type noir n'était qu'un clochard, et un rôdeur avait dû l'égorger pour lui dérober sa maigre richesse. Ce genre d'événement était devenu courant à Paris, dans la misérable communauté des squatters.

La pocharde ne pouvait pas se douter que ce mort était le premier d'une longue liste…

chapitre 2

Les jambes de Chloé

« Tu sors ?

— Oui… Juste quelques minutes ! Je dois voir Diogène, répond Quentin à sa mère qui est dans la salle de bains.

— Ce vieux fou ? Quand est-ce qu'il va se décider à quitter son tonneau pour aller dans un hospice ?

— Ce n'est pas un fou, crie Quentin en enfilant son blouson. Diogène est… »

À quoi bon expliquer à sa mère que Bernard Brugidou, son vieil ami, est un véritable philosophe ? Autrefois généticien de renom, il a tiré un trait sur sa vie pour choisir une existence de marginal, élisant domicile dans une énorme bonde abandonnée sur le terrain vague d'un chantier déserté. Il y a entassé ses milliers de livres et de revues, son unique richesse.

La curiosité de Quentin l'a poussé un jour à passer la tête par l'ouverture pratiquée dans la palissade qui clôture le terrain vague, en bordure du périphérique, à la lisière de Vanves. Il a vu la bonde... et l'homme, assis dans un fauteuil pliant, à l'extérieur. L'homme immobile qui semblait dormir.

Il a fait quelques pas dans sa direction, intrigué, curieux. L'homme s'est retourné lentement sur lui, a souri et prononcé ces quelques mots :

« Bonjour... N'est-ce pas une bonne journée pour rêver ? Ce silence, cette clarté, ces odeurs d'herbe tendre ! »

Quentin avait cru que l'homme se moquait de lui. Le périphérique grondait, l'air était empli d'une brume de pollution qui vous prenait à la gorge et il fallait une imagination hors du commun pour y dénicher la plus infime trace de parfum d'herbe tendre !

Le vagabond avait dû noter l'incrédulité dans l'expression de son visiteur, car il avait ajouté :

« Question d'habitude… Depuis que je me suis installé ici, je consacre quelques heures par jour à rêver. Les vertus du rêve sont nombreuses, sais-tu… À la longue, par la pratique, on parvient à effacer tout ce qui forme les petits tracas de la vie. Viens t'asseoir à côté de moi… Il y a une chaise, dans la bonde. Apporte-la… »

Tout a commencé ainsi entre Diogène et Quentin. Ils sont devenus des amis intimes malgré leur différence d'âge.

Et ce soir, comme il le fait deux à trois fois par semaine, Quentin va lui rendre visite. Il a d'ailleurs rapproché ses visites, ces derniers jours. À cause du froid particulièrement prononcé qui s'est abattu sur Paris.

Le garçon souhaite s'assurer que Diogène n'en souffre pas.

Sa mère ouvre la porte de la salle de bains. Elle ne porte qu'un peignoir blanc. Elle est belle et Quentin la trouve très jeune à cet instant, ses cheveux courts trempés, le visage sans aucun maquillage.

« C'est le soir de ton père, tu n'as pas oublié ? lui demande-t-elle en passant devant lui.

— Bien sûr que non. Mais il sera en retard, comme tous les vendredis. Tu sors, toi ?

— Oui. Et je préfère ne pas être là quand Sébastien viendra te chercher.

— Tu vas au ciné ? »

Sa mère est entrée dans sa chambre et fouille dans sa penderie, évaluant d'un rapide coup d'œil ses robes, ses tailleurs…

Quentin se doute qu'elle se prépare à sortir avec Jean Mélinot, son associé à la librairie. Cela devient une coutume, le vendredi soir !

« Quel film comptes-tu voir ? insiste Quentin, de mauvaise humeur.

— Tu cherches quoi, là ?

— Rien. Je te demande seulement si tu as fait un choix. Si c'était moi, j'irais voir le dernier Spielberg.

— Eh bien, tu n'auras qu'à y traîner ton père, dit-elle avec une pointe d'agacement dans la voix.

— Tu m'avais dit que nous irions ensemble.

— Ah ? La semaine prochaine, alors… Puisque tu y tiens tant. »

Quentin hausse les épaules et tourne les talons. Il va sortir de l'appartement quand sa mère le retient. Elle a couru hors de sa chambre, son peignoir s'ouvre légèrement sur sa poitrine. Quentin baisse les yeux.

« Tu me fais une scène ?

— Non, m'man. Mais une promesse, c'est une promesse. Toi, tu oublies celles que tu me fais et p'pa se pointe le vendredi soir avec ses habituelles deux heures de retard.

— On dirait que tu es en train de vieillir, toi !

— Normal, non ? Tu voulais me mettre sous globe ?

— Je sens comme un petit goût de vinaigre dans ta voix. Je propose qu'on se planifie un tête-à-tête dimanche soir. »

Le garçon s'apprête à répondre quand la sonnerie du téléphone retentit.

« On parie que c'est p'pa ? »

Sourire de la mère.

Quentin décroche.

« Oui... C'est toi, p'pa ? Je l'aurais juré !

— Je m'en doute. Ce n'est pas la première fois que je te fais le coup du retard. Mais je te jure que je suis coincé au bureau pour une grosse heure. Je ne peux pas couper à une réunion de dernière minute.

— Tu es sur une nouvelle affaire ?

— En effet. Un tueur en série est en train de sévir dans Paris. Et le gars est du genre méthodique ; il a semé trois victimes la nuit dernière.

— Comment sais-tu qu'il s'agit du même criminel ? s'étonne Quentin.

— À cause de la méthode employée. Pas très raffinée… Une véritable boucherie à chaque fois. Les malheureux ont été vidés de leur sang par une affreuse blessure à la gorge ! On leur a littéralement broyé le cou. J'ignore qui a pu leur faire cela. Les entailles nous font penser à des morsures ou des griffures. Et puis, les victimes elles-mêmes me forcent à penser que nous sommes en présence d'un seul tueur.

— Qu'ont-elles de particulier, ces victimes ?

— Tous trois étaient des sans-logis… De pauvres types qui dormaient dans des squats. Des miséreux qui devaient crever de froid.

— Quel intérêt aurait-on à assassiner des clochards ?

— D'autant plus, précise Sébastien Victor, que les trois victimes sont noires. Et, d'après le peu que nous en sachions pour l'instant, elles appartiendraient à la même ethnie. On a relevé des marques identiques de scarification sur leur poitrine… Il se pourrait que ce soient des Namangais.

— Tu penses à des crimes racistes ?

— Je t'avoue que je suis dans le brouillard. Avec toute mon équipe, on patauge sans trop savoir par quel bout prendre cette enquête. Nous en parlerons plus tard, si ça t'intéresse… Tu ne m'en veux pas trop pour le retard, hein ?

— Non, p'pa. Je vais aller voir un ami en attendant.

— Diogène ?

— Oui. À tout à l'heure. Prends ton temps.

— À tout à l'heure, mon grand. »

Quentin raccroche et, après avoir embrassé sa mère, il quitte l'appartement.

Dans la rue, il est saisi par un froid pointu qui lui picote le visage. Il enfonce son menton dans le col de son blouson et accélère le pas. Il atteint bientôt la palissade qui clôt le terrain vague de Diogène. Il s'apprête à faire coulisser les deux planches qui ouvrent un passage quand celles-ci se dressent, activées de l'autre côté.

« C'est toi, Diogène ?

— Non, c'est Chloé », lui répond une voix féminine claire et amusée.

Quentin se met de côté et admire une première jambe qui passe dans l'ouverture de la palissade. Une belle jambe fine dans un collant rouge… Puis la seconde jambe, avec un peu de cuisse dévoilée par une jupe noire légèrement retroussée.

« Tu parles d'une gymnastique ! » fait la voix claire.

Et enfin, Quentin se retrouve face à la plus jolie fille qu'il ait jamais vue. Une fille toute en sourire et en yeux verts. Toute en cheveux courts, avec un bonnet de laine jaune. Toute en couleurs. Rouge, noir, jaune… Elle porte une grosse veste rouge. Du même rouge que ses jambes. Une écharpe noire.

Elle est là, à peu près de la même taille que Quentin. Elle le regarde et lui, il la mange des yeux. Le rouge, le noir… Il enregistre tout, et sa prodigieuse mémoire de surdoué photographie et classe chaque atome de la jeune fille.

Il note son parfum et, malgré lui, son esprit en décompose les essences, méthodiquement, parfaitement… Cette analyse achevée, son imagination évoque un merveilleux bouquet de fleurs.

Oui… Elle sent comme un bouquet de fleurs d'été ! Des fleurs blanches, gorgées de lumière et de chaleur. De toutes petites fleurs.

« Chloé… Je m'appelle Chloé. »

Il rougit légèrement. À cause de la voix qui ressemble à une caresse.

« Moi, c'est Quentin.

— Tu te préparais à passer la palissade, non ?

— Je venais voir Diogène.

— Ah oui, Diogène… Il m'a appris que c'était son surnom. Il y tient d'ailleurs plus qu'à son véritable nom. »

Quentin a remarqué le porte-documents qu'elle garde sous son bras droit. Il se souvient que Diogène lui a parlé, la semaine dernière, d'une jeune assistante sociale employée par la mairie.

« J'habite pas très loin, dit Quentin. Diogène est mon ami. »

Il s'en veut. On dirait qu'il tente de se justifier. Il n'a pas pu cacher qu'il est sur la défensive.

Chloé ne cesse de le regarder en souriant. Ses lèvres sont un peu bleuies par le froid.

« Il m'a presque mise à la porte, dit Chloé.

— Pourquoi ?

— J'ai tenté de le convaincre d'abandonner cette bonde. Je lui ai proposé de me charger de lui trouver un endroit… Un hospice… Enfin, une maison où les vieilles personnes sont soignées, nourries. »

Quentin réagit aussitôt :

« Mauvais arguments ! Très mauvais ! Je l'imagine mal dans un centre d'hébergement… Diogène dans un dortoir ou dans une cantine, ce serait la catastrophe ! Soit il se jette par la fenêtre, soit il choisit de jeter tout le monde par la fenêtre ! J'opte pour la seconde possibilité. Une hécatombe ! »

Chloé hausse les épaules.

« C'est idiot ! La plupart des sans-abri aimeraient qu'on leur fasse une telle proposition.

— Diogène a une maison !

— Un tonneau ! C'est peut-être un très gros tonneau, n'empêche que ça reste un tonneau…

— Tout équipé, remarque Quentin. Il possède un réchaud à gaz, une lampe à pétrole, un duvet et des couvertures… »

Le sourire de Chloé disparaît d'un seul coup.

Elle se penche sur Quentin pour lui dire, très sérieusement :

« Tout cela est illégal, Quentin. Et dangereux ! Imagine qu'il mette le feu aux milliers de revues et de bouquins qu'il a entassés dans sa grotte, ton Diogène… »

Quentin ne répond pas. Il n'en a aucune envie. Cette fille n'a certainement pas plus de vingt ans et elle parle de légalité et de danger alors que Diogène s'est installé en marge du monde. Pour oublier des centaines de mots. Ceux qui font peur, qui interdisent, culpabilisent, responsabilisent… Les mots de la société. Des maux.

« Je reviendrai au début de la semaine prochaine. Lundi ou mardi, annonce Chloé.

— Il n'aura pas changé d'avis !

— J'essaierai d'être plus convaincante… »

Elle remonte son écharpe et sourit à nouveau.

« Tchao, Quentin !

— Salut… »

Il la regarde partir, de sa démarche vive qui lui donne l'air de danser. Il regarde ses jambes rouges, si belles. Puis, quand elle a tourné au coin de la palissade, il prend une longue respiration dans l'air froid et s'ébroue en espérant la revoir. Lundi ou mardi ?

Il se décide alors à entrer dans le terrain vague.

chapitre 3

Une légende

Diogène accueille Quentin avec soulagement en lui résumant rapidement la visite de l'assistante sociale.

Tout en préparant un thé sur son petit réchaud, à l'intérieur de l'énorme bonde emplie de livres, le vieillard monologue. Quentin l'écoute distraitement, laissant à une partie de son esprit le soin d'enregistrer les propos de son ami alors qu'une autre partie revient sur ce que lui a appris son père, plus tôt.

« Hé… Quentin, tu es ailleurs ?

— Excuse-moi. Je pensais à la nouvelle affaire de p'pa.

— Et tu te dis que Canard va certainement entrer bientôt en scène, n'est-ce pas ? Ton père ne se doute toujours de rien ?

— Rien à craindre de ce côté… »

Diogène jette une pincée de thé fumé dans l'eau bouillonnante et recouvre la casserole d'un couvercle cabossé. Il demande :

« Tu ne crois pas qu'il risque un jour de chercher à savoir qui se cache sous le pseudonyme de Canard et qu'il te tombe dessus ? Il ferait une drôle de tête en apprenant que c'est son propre fils qui est son meilleur informateur !

— Non. C'est une convention de départ : il ne doit pas essayer de percer l'identité de son indicateur, sinon celui-ci cesserait toute collaboration. Canard le lui a nettement fait comprendre. »

Diogène siffle d'admiration et dit :

« Tu m'épates, Quentin ! Beaucoup de jeunes de ton âge possédant seulement le quart de tes facultés ne seraient pas aussi modestes que toi !

— Je t'ai déjà expliqué pourquoi je ne veux pas que l'on sache que je suis un surdoué ! Toi seul partages mon secret. »

Diogène soulève le couvercle de la casserole, juge la couleur de son thé et en sert deux tasses.

« Oui, j'ai compris. Si l'on apprenait que tu es un génie, que ton cerveau est un ordinateur perfectionné, que ta mémoire est infaillible, on te placerait aussitôt dans un centre spécialisé.

— Et Canard prendrait une retraite prématurée ! »

Le vieil homme sourit. Son visage se craquelle de minuscules rides. Ses yeux pétillent de joie. Il repense aux enquêtes auxquelles Quentin l'a fait participer. Il éprouve le sentiment d'y avoir collaboré à sa manière, recueillant les confidences du garçon et lui servant parfois de documentaliste.

« De quoi s'agit-il, cette fois ? interroge Diogène, curieux.

— Trois clochards ont été égorgés cette nuit. Tous trois portent sur leur corps les mêmes scarifications. Sans doute des Namangais. C'est tout ce que m'a appris mon père. Un peu maigre... »

Diogène demeure pensif durant quelques secondes avant de demander :

« Comment les a-t-on égorgés ?

— Mon père n'en a pas la moindre idée, actuellement. Il a émis l'hypothèse que les blessures ressemblent à des griffures. »

Diogène repose sa tasse sur un coin de la table de camping. « Égorgés ! reprend-il. Des Namangais, égorgés la nuit… Cela me rappelle quelque chose. »

Il se lève et fait quelques pas dans la bonde, au milieu des milliers de livres et de magazines classés par année, par genre, par sujet…

« Passe-moi la lampe électrique qui est sur la table.

— C'est une balise Argos qu'il te faudrait, Diogène… Comment peux-tu retrouver quelque chose dans cet amoncellement de bouquins ?

— Eux et moi, nous ne faisons qu'un ! Ce sont comme les cellules de mon corps.

— Et si tu bousculais ton réchaud, un jour ? Y as-tu pensé ? »

Diogène marque un temps et se redresse. Il regarde Quentin en fronçant les sourcils et lui dit :

« Toi, tu n'as pas fait que croiser la petite sauterelle bariolée ! Vous avez eu le temps de parler, tous les deux. Avoue-le…

— Oui, admet le garçon. On a échangé quelques mots devant la palissade. Rien de plus.

— C'est ça ! Rien de plus ? »

Quentin soupire. Il désigne la couronne de petites flammes dansantes du réchaud et ajoute :

« C'est vrai ; elle m'a dit qu'elle craignait qu'il t'arrive malheur. Accepte au moins que l'on puisse s'inquiéter pour toi. »

Diogène reprend ses fouilles en bougonnant.

« S'inquiéter pour moi ? La belle affaire ! Cette môme sort tout juste de l'école et veut faire du zèle, oui ! Elle a choisi une grande et noble cause humanitaire : fourrer un vieux solitaire dans les draps rêches d'un hospice pour vieillards ! Elle a l'intention de faire mon bonheur malgré moi. Je ne lui ai rien demandé, moi ! Rien… »

Puis, s'arrêtant sur une colonne de revues à l'équilibre incertain, il s'exclame :

« J'y suis ! Tiens… Approche. »

Délicatement, il extrait un fascicule qu'il tend à Quentin avec fierté. Celui-ci le met dans la lumière de la lampe électrique pour en lire le titre :

Légendes namangaises

« C'est incroyable, remarque Quentin. La Bibliothèque nationale ne peut pas t'égaler !

— Je n'ai pas la chance d'avoir une mémoire telle que la tienne, aussi dois-je tout conserver. Toi, il te suffit de parcourir des yeux un bouquin de quatre cents pages pour le retenir jusqu'à la fin des temps ! »

Quentin feuillette rapidement le fascicule. Diogène, qui l'observe, se doute qu'il est en train de « photographier » la majeure partie des articles. Cela ne dure pas une minute.

Le garçon referme la revue et réfléchit un instant avant de dire :

« On y parle en effet de meurtres rituels… Une légende très répandue évoque les pouvoirs de certains sorciers initiés, capables de se transformer en lions, la nuit. Ils parviendraient à se glisser sans bruit dans les villages pour tuer les hommes et les femmes qui leur auraient déplu.

— Comment agissent-ils ?

— Ils leur plantent leurs griffes dans la gorge pour les faire saigner et boire une partie de leur sang, leur volant ainsi leur âme afin de les condamner à une errance éternelle. »

Diogène regagne le coin salon de son tonneau

pour terminer son thé. Il boit en silence puis, reposant la tasse vide sur la table, il dit :

« D'après ce que tu m'as appris, les meurtres des trois Africains de cette nuit correspondent à ceux que décrit ce bouquin, non ?

— En effet, admet Quentin. Du moins est-ce cette similitude que l'assassin a tenté de signifier. Mais il manque un détail.

— Ha ? Lequel ? »

Quentin ouvre à nouveau la brochure et cherche une page. Son regard balaie à vive allure les minces lignes de caractères. Ensuite, il précise :

« Le lion, après avoir tué sa victime, trace un dessin sur le sol à l'aide de ses griffes. Un cercle brisé d'une ligne ; ce qui symbolise qu'il a pris possession de l'âme du défunt, rompant le cycle de la nature qui veut que l'esprit des morts puisse accomplir un voyage serein parfaitement défini… »

Diogène émet un petit sifflement et remarque :

« Un peu archaïque, comme méthode !

— Il s'agit peut-être d'une vengeance… D'un règlement de comptes.

— Il serait judicieux que Canard propose à l'inspecteur Sébastien Victor de chercher si aucun cercle n'a été tracé à proximité des corps retrouvés cette nuit ».

Quentin sourit. « Je vais m'y employer. »

Et, se pinçant le nez, prenant la voix nasillarde de l'indicateur mystérieux de son père, il ajoute :

« Nouveau jeu, Inspecteur ! La partie est ouverte... La carte du lion est sortie. C'est le joker fantôme, le grand dévoreur d'âmes ! L'affreux sorcier qui brise le cercle de la vie éternelle ! »

Diogène jette un coup d'œil à sa montre et dit :

« Tu as vu l'heure ? Tu devrais filer, garçon. On est bien vendredi, non ?

— J'y vais... Mais j'étais passé m'assurer que tu n'avais pas trop froid. Si tu manques de couvertures, dis-le-moi et...

— Aucun problème, l'interrompt le vieil homme. Tu vois, je ne présente nul signe manifeste d'hypothermie. Mes bouquins me tiennent chaud. Ils constituent le meilleur isolant qui soit ! »

Quentin fait mine de partir. Il se ravise pour demander :

« L'assistante sociale doit repasser la semaine prochaine, n'est-ce pas ? »

Diogène n'est pas dupe et répond en riant :

« La sauterelle t'a tapé dans l'œil, hein ? Son charme coloré a produit son petit effet, dirait-on ! »

Quentin hausse les épaules.

« Je pensais plutôt qu'elle pourrait avoir certaines informations concernant les S.D.F. … Il te serait facile de la faire parler ; tout renseignement serait important pour Canard.

— J'y penserai… lance Diogène en s'efforçant de paraître indifférent. Allez, file, maintenant.

— Bonsoir, Diogène.

— Bonsoir. Amuse-toi bien avec ton père, ce week-end. »

Dehors, Quentin est saisi par le froid. Des flocons tourbillonnent dans les arcs lumineux des éclairages du périphérique. Il presse le pas pour rentrer chez lui.

Ce sera bientôt Noël et Diogène le passera seul dans son tonneau. Au milieu de ses milliers de journaux, livres et magazines, réveillonnant d'un repas réchauffé sur un vulgaire camping-gaz…

Pour la millième fois, Quentin se demande ce qui a poussé son ami à choisir cette vie de reclus. Il y avait sans doute d'autres solutions possibles. Une voie différente. Pourquoi cette existence précaire ?

« Il aurait voulu se punir de quelque chose qu'il n'aurait pas agi autrement ! se dit Quentin. Oui, il s'est effacé de la société ! Il a même biffé son nom d'un trait rageur. Jamais il ne me parle de sa famille… Il a certainement eu des parents, des frères et sœurs peut-être ? Cela aussi, il l'a gommé de sa mémoire ? »

Quentin se promet de profiter d'un jour favorable où le vieil ermite baissera sa garde pour l'interroger sur la partie d'ombre de son passé.

Il classe cette décision dans un recoin de sa mémoire, certain de ne jamais l'oublier, et concentre son attention sur la nouvelle enquête de son père.

Il dispose d'une poignée d'éléments disparates que son ordinateur mental assemble en milliers d'équations... Sans réponse pour le moment mais présentant déjà de nombreuses pistes. Tout cela forme une sorte de pyramide translucide que Quentin tentera de matérialiser un peu mieux chaque jour. C'est ainsi que se présentent, au départ, toutes les enquêtes. Un énorme monument de verre... Un édifice à bâtir... Pierre après pierre, méthodiquement, précisément.

Quentin est arrivé à la hauteur de son immeuble. Il va entrer quand un bref coup de klaxon l'oblige à se retourner.

La voiture de son père s'immobilise au bord du trottoir. L'inspecteur Sébastien Victor en descend.

« Tu as été plus rapide que prévu, s'étonne Quentin en le rejoignant pour l'embrasser.

— Le patron a expédié la réunion, à mon grand soulagement. J'ai un méga-mal de tête. Je crois que je couve une grippe. Tout le monde l'a eue sauf moi, dans le service.

— On se paye quand même le resto, hein ? »

Sébastien Victor grimace un sourire.

« T'ai-je déjà fait faux bond ? Je t'ai parlé du troquet que j'ai déniché, rue de la Harpe ?

— Non, jamais. Paré pour l'étrenner. Je file chercher mon sac… Tu ne veux pas m'accompagner ? »

Quentin a glissé sa question sans changer de ton, sans lui donner d'importance, mais son père a déjoué le piège.

« Je t'attends dans la voiture. »

Déçu, Quentin demeure silencieux quelques secondes avant de revenir à la charge :

« Ça vous ferait quoi de vous revoir un jour, toi et maman ?

— C'est peut-être trop tôt, Quentin… Laisse faire le temps. On a établi nos règles, toi et moi, ne l'oublie pas ! Là, tu as cherché à me faire tomber dans un traquenard. »

Quentin abandonne son père et, boudeur, pousse la porte de la cour d'un coup de pied. Sébastien Victor le regarde se diriger vers le hall de l'immeuble et réalise qu'il a grandi, que ce n'est plus vraiment un gamin…

Il le regrette un peu. Mais Sébastien regrette tellement de choses, actuellement !

chapitre 4

Vendredi soir

Ce n'est qu'au dessert que l'inspecteur Victor se décide à parler de son enquête à Quentin. Celui-ci attend ce moment depuis le début du repas. Cependant, il a préféré être patient, ne souhaitant pas se trahir en éveillant les soupçons de son père à son sujet.

Pour tous ses proches, Quentin est un adolescent comme les autres. Il fait d'ailleurs de nombreux efforts pour donner le change. Au lycée, par exemple, il ne manque pas de glisser quelques erreurs dans ses problèmes de mathématiques ou de placer volontairement deux ou trois fautes d'orthographe dans ses exposés…

Car Quentin s'est juré de ne jamais montrer qu'il est un surdoué, pour éviter qu'on l'isole de ses camarades en le mettant dans une école spécialisée, une usine à cerveaux !

Son père a l'habitude de le prendre comme confident, le week-end. En lui parlant de ses affaires en cours, il réfléchit à haute voix…

« Trois Namangais égorgés la même nuit. Dans trois quartiers différents. Mêmes blessures au cou… Tous trois des S.D.F. …

— Au téléphone, tu m'as dit que les blessures ont été produites par un animal. »

Sébastien Victor finit d'avaler son deuxième café et reprend :

« C'est ce qu'on a voulu faire croire, en effet. Mais le labo n'a remarqué aucun dépôt de salive animale au bord des plaies. Ce sont des déchirures nettes et précises qui ont dû être occasionnées par une arme particulière, une sorte de griffe en acier. Si elle avait été en bois, on aurait retrouvé d'infimes esquilles. La plus petite particule de bois n'aurait pas pu passer inaperçue à l'examen de nos microscopes. Les légistes pensent vraiment à de l'acier. »

Quentin se remémore la légende qu'il a lue dans le fascicule de Diogène. Un lion fantôme laisserait-il des traces ? Prudemment, le garçon entraîne son père sur la piste du cercle brisé.

« Tu n'as pas trouvé d'autres indices sur les lieux du crime ?

— Si, quelque chose de bizarre. Une espèce de signature… On ne l'a pas remarquée tout de suite. Pour Bancloche, ce sont les pompiers qui ont été prévenus et qui sont arrivés les premiers sur les lieux. Les gars ont fait leur boulot mais ils ont piétiné un peu partout dans le squat du mort. Ils avaient presque effacé le dessin quand Mallet et moi sommes intervenus.

— Un dessin ?

— Sur le sol, à un mètre du cadavre à peu près, il y avait un cercle incomplet barré d'un trait, le tout tracé avec une grosse craie noire. On a relevé le même motif auprès des deux autres corps. »

La curiosité de Quentin est satisfaite. Il ne peut plus douter que le tueur agit selon la légende namangaise. Il a adressé un message en signant ses crimes de la sorte. Mais pour qui ? Pour effrayer quelles nouvelles victimes ?

Sébastien Victor poursuit sa réflexion à haute voix, ne s'adressant pas consciemment à Quentin. Il se parle plutôt à lui-même…

« On a immédiatement fait plancher nos documentalistes sur les traditions et coutumes namangaises. En attendant le résultat de leurs recherches, mon service se retrouve face à un dingue qui tue des clochards africains en essayant de nous faire croire que l'arme du crime est un fauve ! De plus, d'après nos investigations dans l'entourage réduit des trois victimes, à part leur nationalité, nous n'avons découvert aucun lien qui les reliait.

— Pas de papiers d'identité sur eux ? demande Quentin.

— Aucun ! Pas de carte, pas de photo ni de lettre ! Rien qui puisse nous aider à les identifier. Ces types étaient de véritables zombies… On a juste le surnom du premier grâce à une vieille femme qui partageait son squat. »

Quentin avale la dernière bouchée de sa religieuse au chocolat. L'air détaché, il continue de conduire son père sur un chemin imposé. Chaque réponse est disséquée, analysée, classée. Les strates de sa pyramide s'empilent déjà les unes sur les autres, en fines couches pour l'instant.

« Et cette vieille femme lui a parlé ? Il ne lui a rien dit sur ses origines ?

— La pauvre est une malheureuse poivrote. Il est bien difficile de lui demander un rapport cohérent ! Elle nous a juste dit que son « locataire du rez-de-chaussée » s'appelait Bancloche, qu'il avait toujours été sympathique envers elle, s'inquiétant de savoir si elle n'avait pas trop froid la nuit, l'aidant à monter les escaliers, etc., etc.

— C'est tout ?

— Non. Elle a insisté sur les mains du type. Toujours propres ! Ce qui lui laissait croire qu'il avait gardé de bonnes manières et que cela faisait peu de temps qu'il était devenu une cloche. Il avait d'ailleurs emménagé dans ce squat un mois plus tôt. Sans doute à cause du froid. L'immeuble en démolition se situe au 7 de la rue Copreaux, au cœur d'un chantier de rénovation. Ce n'est plus qu'une ruine insalubre, mais la vieille femme et ce Bancloche s'y trouvaient en sécurité. »

Quentin se maîtrise pour ne pas étouffer son père de questions. Il lui paraît aberrant que des évidences qui crèvent les yeux n'aient pas déjà nourri ses réflexions. Il lui faut donc user de ruses de Sioux pour les lui livrer sournoisement. Le plus naturellement possible, il dit :

« Le tueur ne tue pas au hasard, p'pa… Le lien qui existe entre les trois victimes, c'est lui, l'assassin. Il les a dénichées dans des coins invraisemblables, ce qui prouve qu'il les connaissait et qu'il était certain de les trouver là ! Il n'y a aucun hasard dans cette affaire. Les Namangais devaient forcément avoir un rapport entre eux. Entre eux tous, le tueur compris ! »

Sébastien Victor relève le nez de sa tasse de café, au fond de laquelle il cherchait l'inspiration.

« Bon raisonnement, Quentin ! D'autant plus que les crimes ont été commis rue Copreaux, dans le 15e arrondissement, rue Lambert, dans le 18e, et impasse d'Aunay, dans le 11e… L'égorgeur n'a pas chômé. Il a abattu son travail en moins de deux heures, si on en croit les légistes. »

Quentin reprend aussitôt :

« S'il ne s'agit que d'un seul tueur ! Les crimes semblent avoir été perpétrés simultanément…

Ou presque à la même heure, non ? Drôlement rapide, pour un solitaire !

— J'y ai pensé aussi, le rassure l'inspecteur. Il se pourrait que nous soyons en présence d'une équipe. Mais, bon sang, quel danger représentaient trois S.D.F. ? Quel danger pour qui ?

— Quel était leur âge ?

— Le dénommé Bancloche était le plus jeune ; trente ans à peine. Celui du 18e avait approximativement la quarantaine et le troisième peut-être un peu plus. Pourquoi me demandes-tu cela ? »

Quentin prend un air innocent.

« Juste pour savoir… À part Bancloche, les mains des deux autres étaient-elles soignées ?

— Effectivement. La vieille femme m'ayant alerté à ce sujet, j'ai vérifié. Les trois victimes étaient d'étranges clochards. Ils en avaient la panoplie, mais quelque chose ne collait pas ! Leurs vêtements étaient râpés, rapiécés et chiffonnés comme il se doit, d'accord, mais…

— Un peu trop vrais, non ? » propose Quentin.

Sébastien Victor regarde attentivement son fils et prend son temps pour dire :

« Tu te conduis en véritable détective, Quentin. C'est exactement ce qui m'est venu à l'esprit. Ces trois gars étaient des S.D.F. de fraîche date ; ils s'entretenaient et se lavaient ! Je crois même que…

— Oui ?

— J'ai l'impression qu'ils s'étaient déguisés ! À la police, nous avons un bataillon de spécialistes de toutes sortes, des psychologues, des sociologues… Des filles et des garçons compétents, habitués à étudier le comportement des diverses couches de la société. L'un d'eux a remarqué que les trois Namangais, bien que vivant sans ressources dans des taudis, avaient gardé des habitudes plutôt rares dans ce genre de population. »

Quentin est de plus en plus intéressé. Il devine déjà de quelle manière Canard fera évoluer l'enquête, lundi…

Son père poursuit :

« Chez chacune des trois victimes, on a pu observer que les quelques affaires qui leur appartenaient étaient rangées soigneusement. Il y avait même des journaux conservés, pliés, classés par dates… Aucune boîte de conserve vide ne traînait ! Leurs paillasses n'étaient pas crasseuses ! Bancloche avait même transformé un petit bidon en poubelle !

— C'est tout cela qui t'embête... L'absence de détails traditionnellement présents dans les squats ? »

Sébastien Victor fait signe au serveur pour lui demander un troisième café et reprend :

« Oui... D'un côté, les trois gars présentaient tous les signes extérieurs de la plus terrible pauvreté et, d'un autre côté, ils étaient ordonnés, prenaient soin de leurs affaires, se rendaient certainement dans des douches municipales, car ils ne trahissaient aucun aspect de décrépitude et montraient qu'ils étaient en parfaite santé ! Pas le moindre eczéma, pas la plus petite infection, pas de carie, pas le plus minuscule bobo ! C'est ça qui me tracasse... Et tu as raison, c'est ce qui manque qui est important ! »

Le serveur apporte la tasse de café.

Quentin réfléchit. Son ordinateur mental a réalisé une quantité importante de nouvelles connexions. Le mystère entourant les meurtres des Namangais impose une certaine configuration à son esprit… et apporte des questions qui induisent déjà des réponses.

Les trois hommes victimes du tueur se connaissaient forcément. Pourquoi vivaient-ils séparément ? Pourquoi avaient-ils choisi de disparaître dans la misère ? Pour brouiller les pistes ? Pour espérer que l'un d'eux survivrait ?

« Ils se savaient donc en danger, pense Quentin. Ils avaient conscience qu'on les traquait et que, en se séparant, ils obligeaient le tueur à remonter plusieurs pistes, misant sur la possibilité qu'au moins l'un d'eux serait épargné, parvenant à passer entre les mailles du filet… Ils détenaient sans doute un secret. Un secret si important qu'ils acceptaient un possible sacrifice de leur vie. »

Sébastien Victor a avalé sa troisième tasse de café d'un trait.

« Tu veux un autre dessert ? propose-t-il à son fils.

— Non merci, p'pa. Je suis plein à craquer.

— On lève le camp ? On a une chance d'attraper une séance de ciné. Il y a un film qui t'inspire ? »

Quentin aimerait lui dire que le rituel des

week-ends ronronne un peu comme une mécanique usée. Il sait que cet aveu lui ferait de la peine. Son père n'a certainement pas conscience que Quentin joue le plus souvent la comédie, endossant le rôle qu'on attend de lui. Celui d'un adolescent, enfant de parents divorcés, qui se satisfait de ces moments mis entre parenthèses. La semaine avec sa mère… Les vendredis soir, samedis et dimanches en compagnie d'un père qui fait des efforts pour paraître disponible alors qu'il ne cesse de réfléchir à son travail !

Quentin est tellement plus vieux que l'image qu'il donne de lui ! Son cerveau de surdoué en fait un adulte. Pas n'importe quel adulte… Qui pourrait se vanter de posséder un quotient intellectuel de sa taille ?

Son cerveau est parfois un fardeau. Surtout les vendredis soir… Car son intelligence ne peut rien contre la petite ombre de tristesse qui lui enveloppe le cœur. Son génie ne possède aucune arme capable d'écraser le cafard qui lui court dans la tête…

« Ce serait si bien si nous dînions tous les trois… Maman, p'pa et moi ! Ensuite, on irait au ciné… Oui, c'est toujours ce qui manque qui est important ! La semaine, c'est p'pa qui me manque… Le week-end, c'est maman… »

« D'accord, on va voir le dernier Spielberg ? propose Quentin. À moins que tu aies encore mal à la tête. Tu veux vraiment aller au ciné, c'est sûr ? »

Distrait, Sébastien Victor, qui est en train de vérifier l'addition, fait un petit oui du menton.

chapitre 5

Le visiteur

L'homme a vu les titres des journaux du soir. « Trois S.D.F. égorgés ! »

Il a acheté un journal pour lire l'article. Les mains tremblantes, le cœur battant à lui faire mal, il a compris immédiatement qu'il s'agissait de trois Neveux.

Hagard, les jambes se dérobant sous lui, il a marché ensuite pendant plus d'une heure, errant sans but, bousculant des passants, se faisant injurier…

Il a marché comme un fantôme, la neige lui brûlant le visage. Pour ceux qui le croisaient, il n'était qu'un sans-logis comme tant d'autres. Un miséreux qui hante la ville, anonyme.

Maintenant, il a pris sa décision. Il doit réunir les Neveux… Il ne peut plus attendre le prochain lundi. Ils sont condamnés ! Le Lion a retrouvé leurs traces. Il ignore comment Il a fait. Cela semble impensable… C'est presque de la sorcellerie !

De la sorcellerie…

L'homme ne cesse de trembler. À cause du froid, de la peur et du chagrin. Richard, Léon et Seydoux sont morts ! Morts, la gorge broyée… En parcourant l'article, il a appris où les victimes ont été retrouvées. Les noms de trois Neveux se sont imposés immédiatement à lui. Et puis le journaliste a cité le surnom de Richard… Bancloche !

Ils ne sont plus que sept à conserver le secret. Ils devront tenir leur serment jusqu'à ce que l'Oncle les délivre. Mais parviendront-ils à résister jusque-là ?

L'homme en doute, désormais, malgré toutes les précautions prises par les Neveux depuis leur départ du Namanga.

« Ça t'a plu ?

— Pas mal. Le scénario est un peu léger, mais

bravo pour les effets spéciaux ! Et toi, tu ne t'es pas ennuyé, p'pa ? J'ai cru que tu allais t'endormir. »

Sébastien Victor claque la portière de sa voiture, met le contact et répond en souriant :

« J'avoue que, sans les éruptions à répétition du volcan, je piquais un petit roupillon. Aussitôt rentré, j'avale un tube d'aspirine et je me mets au lit.

— Je te préparerai un grog bien tassé, si tu veux, lui propose Quentin.

— Bonne idée, mon grand ! »

La neige n'a pas cessé de tomber. Les essuie-glaces ripent sur le pare-brise en crissant.

Quentin aime traverser Paris la nuit en voiture avec son père. Il apprécie les longues plages de silence qui s'installent entre eux, rompues à intervalles irréguliers par quelques mots venus à l'esprit sans logique apparente.

« Il y a bien ce détail… » commence Sébastien Victor.

Le garçon attend la suite, qui ne vient pas. La voiture s'immobilise à un feu rouge.

« Quel détail, p'pa ? Tu parles de ton affaire ? »

Encore un long silence. L'inspecteur semble hypnotisé par la tache lumineuse du feu rouge. Puis, quand celui-ci passe au vert, il se décide à poursuivre :

« J'ai oublié de t'en parler, tout à l'heure, au restaurant. Ça m'était sorti de l'esprit… Cela concerne Bancloche. Tu sais, le gars du 15e arrondissement… »

Quentin a tout mémorisé. Bancloche, la vieille femme qui habite au premier étage, l'arrivée des pompiers… Sébastien Victor continue :

« Le légiste qui s'est occupé du corps m'a dit cet après-midi avoir noté une marque sur l'avant-bras droit de la victime. Une trace circulaire qu'aurait pu laisser un bracelet ou un cordon noué… Juste une empreinte récente. Ce n'était pas véritablement une blessure. Tu comprends ce que je veux dire ?

— Oui, c'est comme les marques que me laissent mes chaussettes de foot à cause de l'élastique trop serré… Mais là, c'est au bras droit que ça se situe. Tu as une idée ?

— Aucune ! Peut-être que ce Bancloche portait habituellement un bracelet. Nous ne l'avons pas retrouvé au cours de la fouille…

— Le tueur aurait pu le lui voler ? »

Sébastien Victor fait la moue et hoche la tête.

« Probable… Les trois victimes sont namangaises ; c'est une certitude : elles possèdent toutes les trois d'identiques scarifications. Seule, l'une d'entre elles aurait porté un bracelet. Pourquoi ?

— En raison d'une initiation particulière que n'auraient pas subie les autres ? »

L'inspecteur émet un grognement mais ne répond pas. Quentin l'observe et le trouve très pâle, les traits tirés, les yeux cernés.

« Tu sais, p'pa… Tu as réellement une sale tête ! Tu ne crois pas que tu devrais faire venir le médecin ?

— Ne t'inquiète pas. Tu vas me dorloter ce week-end et lundi, j'irai mieux. Ça fait longtemps qu'on n'a pas joué aux échecs, ce sera l'occasion de s'offrir un petit tournoi au chaud. Peinards… »

Les échecs ! Quentin se souvient de la fois où son père a cru lui apprendre à jouer. Il avait neuf ans.

« Tu vois, le cavalier avance en formant un L. Il peut sauter par-dessus les autres pièces et c'est le seul à pouvoir le faire. »

Quentin l'avait écouté attentivement, tel que devait le faire tout enfant de cet âge qui découvre pour la première fois ce jeu difficile. Il s'était retenu d'avouer qu'il était capable de battre le meilleur champion depuis ses cinq ans. Depuis le jour où il avait dévoré une méthode de Bobby Fisher !

Donc, ce week-end, il laisserait son père gagner…

L'homme se coule dans l'ombre et avance à pas mesurés, attentif à ne pas trébucher sur les débris qui jonchent le sol et que recouvre la neige fraîche.

Il atteint une baraque constituée de tôles et de planches. Une faible lueur jaune filtre par les interstices de la cahute.

L'homme frappe trois coups, puis encore deux autres, nettement détachés, à la porte fermée par du fil de fer.

Quatre coups distincts lui répondent de l'intérieur, telle une question. Lui, il frappe à nouveau. Cinq fois.

Le code ayant été respecté par l'un et l'autre, la porte branlante est entrouverte.

« Toi ? Mais nous ne sommes que vendredi et…

— Laisse-moi entrer, Roland. Et referme aussitôt cette porte ! »

Le visiteur pénètre dans la baraque. Ce n'est qu'une pièce unique, calfeutrée à la diable avec des journaux, éclairée par une misérable lampe à huile qui empeste l'atmosphère.

Le visiteur secoue son manteau pour en faire tomber la neige. L'autre le regarde avec anxiété.

« Tu veux avaler quelque chose de chaud ? demande-t-il. Il me reste un peu de lait.

— Non, merci. Tu n'es pas sorti de la journée ? Tu ne sais donc pas ?

— Savoir quoi ? »

Le visiteur soupire et prend la main de son ami pour lui annoncer :

« Richard, Léon et Seydoux ont été tués cette nuit, Roland… On les a égorgés. Ils ont été retrouvés vidés de leur sang, d'énormes plaies au cou. »

Roland vacille, perd l'équilibre. Son ami le retient, l'attire à lui, contre sa poitrine. Lui, il est âgé ; douleur et chagrin l'atteignent désormais moins fortement. Mais Roland n'a que vingt-cinq ans et ne peut se retenir de pleurer en tremblant. Le vieil homme caresse la tête de son cadet, comme il le ferait à un fils. Il lui parle tout bas, lui dit des mots de réconfort dans leur langue. Les mots d'une comptine, apaisants et chantants. Une mélopée psalmodiée que les nourrices namangaises fredonnent aux bébés pour les endormir.

Roland se détache de son aîné, reprend son souffle et articule :

« Tu nous avais dit que le Lion ne nous trouverait pas à Paris ! »

Il y a du reproche dans sa voix. Le vieil homme hoche la tête et murmure :

« Je ne comprends pas…

— Nous, les dix Neveux et Léopold, nous étions les seuls à savoir.

— Je ne comprends pas, répète le visiteur.

— Tu penses que Léopold a été arrêté ? Peut-être que sous la torture, il a avoué que…

— Non, non ! Léopold mourrait sans parler. La douleur n'a pas prise sur lui. Ce n'est pas lui qui nous a trahis. »

Roland ouvre en grand ses yeux mouillés de larmes. Il balbutie :

« Tu… Tu crois que c'est l'un d'entre nous ? C'est cela ? »

Mais le vieillard ne veut pas répondre. Lui aussi, il en est arrivé à cette conclusion.

Roland se laisse tomber sur un amas de chiffons qui lui sert de litière. Il demeure un instant la tête entre les mains, silencieux, anéanti.

Son visiteur le rejoint et s'assoit à son côté. De sa voix douce et grave, il dit :

« Tu vas m'accompagner, Roland. Nous allons prévenir les autres Neveux d'une réunion qui se tiendra exceptionnellement avant lundi. Nous tracerons le Cercle… Nous devons parler…

— Des palabres ! Toujours des palabres…

— Viens, mon enfant. Habille-toi chaudement et suis-moi. »

Roland se lève, prend son manteau et l'enfile avec des gestes d'automate. Soudain, il se retourne sur le vieil homme pour lui demander :

« Pourquoi me fais-tu autant confiance ? Après tout, s'il y a un traître parmi nous, ce pourrait très bien être moi. Moi tout autant qu'un autre ! »

Le visiteur sourit et répond :

« Ou moi, Roland ! »

De retour dans le petit appartement qu'il occupe depuis son divorce, Sébastien Victor, selon son habitude, fait dérouler la bande de son répondeur téléphonique. Pendant ce temps, Quentin, dans la kitchenette, prépare un grog. Il met l'eau à bouillir, cherche la bouteille de rhum, un citron, du miel…

Les messages enregistrés défilent. Une certaine Maryse adresse un petit salut à Sébastien. Quentin, immédiatement de mauvaise humeur, écoute la voix qui se veut sensuelle et souriante. Puis il entend son grand-père paternel dire que pour les vacances de février, c'est d'accord, Sébastien et Quentin pourront venir à Bordeaux… Mamie les attend ! Ensuite, c'est l'inspecteur Mallet, un collègue de son père…

« Je sais qu'à cette heure tu es certainement au cinéma avec ton fils. C'est pourquoi je ne t'appelle pas sur ton portable. Ta soirée est sacrée… Je voulais juste te dire que nos gars ont bien travaillé, dans la soirée… Renaud et Muller sont retournés avec leur équipe sur les lieux des crimes. Tu ne devineras jamais ce qu'ils ont déniché ! Sous des planches de la cahute de la victime B, ils ont sorti un joli magot… Quatre mille cinq cents euros ! Dans la doublure de l'une des frusques de la victime C, ils ont extrait la modique somme de trois mille huit cents euros ! Par contre, chou blanc pour le gars Bancloche… Rien chez lui ! Je te laisse méditer sur ces découvertes, vieux… Bonne nuit et soigne ton rhume ! »

Sébastien Victor repasse la bande. Quentin sort de la cuisine, un citron à la main.

« Tu as entendu ? s'exclame son père. Cette affaire est complètement dingue ! Deux des S.D.F. qui vivaient comme de véritables miséreux dormaient sur des milliers d'euros !

— Cela confirme ce que nous pensons déjà à leur sujet, p'pa. Ces types jouaient la comédie. Un demi-citron ou un entier ?

— Quoi ?

— Dans ton grog ?

— Un demi, ça suffira, merci. »

Quentin retourne dans la kitchenette.

Tout en pressant la moitié du citron, il réfléchit à cette nouvelle information. Et, là encore, un grain de sable empêche la mécanique de tourner convenablement… Encore une fois, il manque un élément !

« Pas d'argent chez Bancloche, hein ? lance-t-il à son père. C'est bien ce qu'a dit l'inspecteur Mallet ?

— En effet. Du moins n'en ont-ils pas trouvé. Il y en avait peut-être avant que le tueur ne commette son crime… »

Une image se présente à l'esprit de Quentin. Peu importe l'exactitude du décor. Ce n'est pas, actuellement, le plus important. Non, ce qui compte, c'est le corps du Namangais allongé sur le sol, la gorge broyée… Une empreinte sur son avant-bras droit… La vieille femme qui découvre le corps… Le sang… Beaucoup de sang à cause de la nature de la blessure… Quentin précise la scène. Il essaye de prendre la place de la femme. Elle crie peut-être… Elle s'approche du corps pour s'assurer que l'homme est bien mort… Puis elle regarde autour d'elle… Et là, fouille-t-elle dans les affaires de son voisin ? Découvre-t-elle une grosse somme d'argent ? S'en empare-t-elle ?

« Dis, p'pa.

— Oui ?

— Quand tu es arrivé sur les lieux du meurtre de Bancloche, tu n'as pas remarqué de désordre ?

— Non, je te l'ai dit. Au contraire, tout était parfaitement rangé, à part le lit défait. Le pauvre type a dû être surpris dans son sommeil et se sera débattu contre son agresseur. »

Quentin sourit et murmure :

« Alors, ce n'est pas elle ! »

Il a parlé trop vite et se le reproche aussitôt. Il aurait dû laisser cette déduction à Canard. C'était à ce dernier de la glisser dans l'oreille de son père. Celui-ci réalise quel processus de pensée a conduit son fils jusqu'à cette affirmation. Il dit :

« Tu pensais à la vieille pocharde, Quentin ? »

Et, sans laisser répondre le garçon, il poursuit son raisonnement :

« Bien sûr ! Si c'était elle qui avait empoché le magot de Bancloche, elle aurait fichu un sacré bazar en fouillant la pièce. De plus, je ne pense pas qu'elle aurait eu intérêt ensuite à prévenir les pompiers. Rien ne l'empêchait de se débiner et d'élire domicile à l'autre bout de Paris. Elle est restée ! Une preuve de son innocence.

— Ton grog est prêt. Bois-le tant qu'il est chaud ! »

Sébastien Victor prend la tasse fumante. Il regarde son fils avec une expression curieuse.

Lui, Quentin, il soutient ce regard inquisiteur en prenant l'air gamin… Mais parvient-il à duper son père ?

Un long silence s'installe. L'inspecteur boit son grog à petites gorgées, soufflant parfois dans sa tasse pour le refroidir un peu. Quentin s'occupe en remettant de l'ordre dans la kitchenette. Il évite de trahir sa contrariété. Il devine pourtant le cheminement de la pensée de son père. Mais il se dit qu'il lui est impossible de découvrir qui est Canard. Impossible…

« Si on allait se coucher ? propose enfin Quentin. Tu dors debout, p'pa.

— Tu as raison. File dans ta chambre… J'ai fait ton lit et je t'ai mis un pyjama propre.

— Tu me promets de te coucher et de ne pas allumer ton ordinateur ?

— Juré ! Je n'en aurais pas la force. Allez, bonsoir, mon grand !

— Bonsoir, p'pa ! »

Une fois dans son lit, la lumière de sa chambre éteinte, Quentin fait le point sur les nombreux éléments de l'affaire relative aux Namangais. Il ne parvient pas à isoler le détail qui l'a alerté à plusieurs reprises. Il a beau se repasser à l'esprit tout le film des événements reconstitués, être certain, désormais, que les victimes n'étaient pas de véritables S.D.F., qu'elles avaient un rapport entre elles, que les blessures qui ont entraîné leur mort sont dues à une arme plutôt qu'aux griffes ou aux mâchoires d'un quelconque animal, il n'arrive pas à cerner ce petit « rien » qui le démange…

À cause de cette pointe de contrariété, Quentin ne trouve pas le sommeil. Son esprit s'acharne. Il reprend chaque paramètre du problème qu'il dissèque à nouveau.

« Des sommes d'argent ont été découvertes aux domiciles de deux victimes… Mais pas chez Bancloche… Partons du principe que celui-ci gardait aussi de l'argent, qui le lui a dérobé ? »

Soudain, Quentin bondit dans son lit. Il s'assied, donne de la lumière et va chercher un calepin et un stylo dans le tiroir de sa commode.

Il dessine trois cercles qu'il nomme A, B et C. Sous les cercles, il écrit en colonnes les mots suivants :

Namangais.

Sans-logis.

Égorgés.

Nuit.

Sous le cercle A, il indique :

Empreinte circulaire légère à l'avant-bras droit.

Pas d'argent.

Sous les cercles B et C, il précise :

4 500 euros.

3 800 euros.

Puis, en grosses capitales, il écrit :

QUELLE ARME ?

Il regarde longuement le résultat, sourit et se met à siffloter tout bas un air guilleret aux accents de victoire. Il sait maintenant avec précision ce que Canard annoncera lundi à l'inspecteur Sébastien Victor…

Il range son carnet, retourne se coucher, éteint la lumière et s'endort presque aussitôt. Son sommeil accueille un rêve calme et lumineux… Une pyramide blanche.

chapitre 6

Les griffes de la nuit

L'homme chante tout bas. Il a toujours chanté pour se donner du courage. C'est dans les prisons namangaises que cette habitude, prise dans l'enfance, lui est revenue. Après chaque interrogatoire, où il était battu, injurié et humilié, on le renvoyait dans sa cellule. Il restait de longues minutes sur le sol souillé par son urine et ses excréments et se mettait alors à chanter. Rien qu'une ritournelle lancinante qu'il ânonnait de sa grosse voix abîmée par les cris et les larmes.

Depuis, Henri Sassou Nguella ne peut plus

s'endormir sans être bercé par cette chanson, la compagne de ses nuits de terreur.

Mal ami m'a pris mon âme.
Belle âme d'enfant gai !
Mal ami m'a pris mon cœur.
Grand cœur d'ange blanc !
Mal ami m'a pris ma vie.
Douce vie dorée au four !
Mais ma voix n'a pas pu me voler.
Et je chante à la nuit noire.
Je lui dis : j'ai froid,
j'ai peur, je pleure…
Mais je chante comme la colombe
pour supporter ma tombe.

Il se retourne dans ses couvertures humides. Ses os lui font mal et craquent comme du petit bois. C'est en effet dans une tombe qu'il cherche le sommeil chaque soir. Un vilain creux de terre gelée pratiqué dans le remblai d'une voie de chemin de fer abandonnée. L'ancienne ceinture ferroviaire qui enserrait Paris autrefois et dont une partie subsiste encore.

Il y vit comme un animal dans son repaire,

calfeutrant l'orifice à l'aide de loques et de cartons. Mais, malgré cela, le vent glacé trouve son chemin et lui mord la chair.

Il grelotte, se retourne encore, fredonnant en claquant des dents.

« *Et je chante à la nuit noire.*

Je lui dis : j'ai froid,

j'ai peur, je pleure… »

Le sommeil tarde à venir pour le délivrer de la souffrance de son corps fatigué.

« Lundi. Ce sera bientôt lundi… »

À cette pensée, l'espoir lui revient un peu. L'idée de revoir ses amis, les Neveux, de parler ensemble de l'Oncle qui sera bientôt parmi eux, d'évoquer leur cause, lui redonne du courage et l'apaise.

Il s'empêche de bouger malgré les crampes nombreuses qui tétanisent les muscles de ses jambes. Immobile, les yeux clos, sa chanson aux lèvres, il prie pour que le sommeil le prenne là, maintenant… Avant que sa mémoire ne lui rappelle les deux semaines passées dans les geôles du président Oméda…

Enfin, après une heure ou peut-être plus, Henri Sassou Nguella sent une torpeur l'envahir. Son esprit s'envole, pareil à un oiseau trop longtemps maintenu en cage. Sa chanson s'éteint d'elle-même dans sa gorge, comme endormie elle aussi.

L'homme n'est plus dans un trou aux âcres odeurs de glaise. Il brasse un air tiède de ses mains devenues ailes souples… Il flotte au-dessus du fleuve Manboré, qui s'écoule comme un sang d'or dans la grande forêt des gazelles.

Et son cœur bat au rythme de la nature entière, empli d'une sereine et solennelle volonté de vivre malgré la haine des hommes, de leurs massacres…

Soudain, un bruit léger déchire l'écran de son rêve. Tellement habitué à réagir au moindre événement, si infime soit-il, Henri Sassou Nguella revient à la réalité, les sens immédiatement en alerte. Il tend l'oreille, s'étant légèrement redressé sur un coude. Il écoute… Il écoute la nuit qui murmure derrière le rideau de cartons. Le lointain grondement des voitures sur le boulevard Soult, que la neige estompe. Et ce son indéfinissable qui est la propre respiration de la cité. Un bourdonnement continu, sourd…

L'homme s'interroge sur la raison pour laquelle il s'est brutalement réveillé. Il s'assied sur sa couche, repris de nouveau par le froid.

On a marché. Ce sont des pas qu'il a entendus. Il ne saurait dire pourquoi il en est certain, mais il est prêt à le jurer. Quelqu'un tente de s'approcher de sa tanière. Et il se souvient aussitôt du pas des gardiens qui venaient le tirer de son sommeil lorsqu'il était en cellule dans le quartier des prisonniers politiques. Malgré son état d'épuisement et de délabrement, il les entendait à chaque fois.

Il se dégage de ses couvertures. Peut-être n'est-ce qu'un vagabond comme lui qui cherche un abri pour la nuit ?

Il attend. Cette fois, il ne peut plus en douter, c'est bien quelqu'un qui marche en faisant crisser la neige. Il est saisi d'une angoisse subite qui lui noue le ventre et lui donne envie de vomir. Une peur irraisonnée, incontrôlable… Il lui semble être pris au piège comme un rat. À quatre pattes, transpirant d'une sueur poivrée qui lui brûle la peau, il se rapproche des cartons et des morceaux de tissu qui ferment son terrier.

Du courage… Il lui faut trouver du courage pour écarter les cartons afin de jeter un œil à l'extérieur. Juste un peu de courage…

Alors, doucement, il avance le bras…

La nuit. Les flocons qui tombent, réguliers et précis. La nuit sans pesanteur. Les rails recouverts de neige. Deux lignes boursouflées sur le sol. Et la silhouette noire. Une grande forme à l'affût, prête à bondir mais qui ne se hâte pas, certaine du geste qu'elle doit faire. Une ombre confiante dans sa force.

Henri Sassou Nguella a le temps de voir les griffes briller. Celles-ci s'abattent sur son épaule et le happent pour l'extraire de son trou. La chair est lacérée et l'os est broyé. Henri Sassou Nguella a si mal qu'il ne peut hurler. Sa douleur l'étouffe et remonte dans sa gorge avec un goût de bile. Il parvient à se dégager de la prise des griffes, tente de se relever mais tombe à plat ventre dans la neige. Il s'étonne de son contact doux et apaisant… « Le Lion ! », murmure-t-il.

La forme d'ombre abat sa patte une seconde fois. Puis une troisième. Cela suffit pour arracher la vie de l'homme.

La silhouette se penche en avant et, de sa

patte aux longues griffes, elle trace dans la neige un cercle incomplet barré d'un trait.

Déjà, les flocons recouvrent le corps mutilé en effaçant progressivement le rouge de son sang.

Quentin est réveillé en pleine nuit par la sonnerie du téléphone. Il regarde sa montre aux aiguilles phosphorescentes. Quatre heures seize ! Il attend que le répondeur s'enclenche ou que son père se lève pour décrocher. Rien ne se passe. La sonnerie insiste.

« P'pa a oublié de brancher le répondeur et mon grog a dû l'assommer ! J'ai peut-être un peu forcé sur le rhum ! »

Il saute de son lit, allume sa lampe de chevet et court hors de sa chambre.

« Allô ?

— Ah, c'est toi, Quentin ? Désolé de te sortir du lit ! C'est Mallet… Ton père a pris des somnifères ?

— Non, il est grippé. »

Sébastien Victor apparaît à ce moment-là, cheveux en bataille, joues creuses et mangées par une barbe naissante, poches bleues sous les yeux.

« C'est pas la forme, hein ? » s'exclame Quentin en le découvrant hagard et fantomatique. Puis, revenant à Mallet, il lance :

« Je vous le passe. Mais attention, c'est un véritable zombie… »

Sébastien tangue jusqu'à l'appareil, s'en saisit en reniflant et le cale sur l'épaule en faisant un geste à son fils, lui indiquant qu'il souhaite boire.

« Mallet ? J'espère que c'est important, vieux… Je dois avoir quarante degrés de fièvre et j'ai un mal de tête dingue.

— Excuse, Sébastien… Si je ne t'avais pas prévenu, tu m'aurais passé un sérieux savon. Je te connais.

— Oui, oui… Viens-en au fait, Mallet. Et articule comme si tu parlais à un vieillard. »

Rire au bout du fil. Puis Mallet commence :

« Un nouveau cadavre a été découvert il y a moins d'une heure. Un Namangais ! Encore un ! Je suis sur les lieux, actuellement… »

Sébastien Victor soupire et se passe une main tremblante sur le front. Quentin lui tend un verre d'eau et un cachet d'aspirine.

Mallet poursuit :

« C'est une bande de jeunes revenant d'une fête qui a découvert le corps, dèjà à moitié recouvert de neige. Trois garçons et deux filles qui s'offraient une petite promenade sur la voie de chemin de fer de l'ancienne petite ceinture… »

Sébastien Victor écoute le compte rendu en buvant son aspirine, les yeux clos.

« Ils ont immédiatement prévenu la police et on m'a appelé quand on a compris qu'il s'agissait de notre affaire. Le corps est celui d'un homme de quarante ans à peu près. C'est un S.D.F. comme les trois précédents et il a subi le même sort que ses congénères. Il n'est pas beau à voir ! L'épaule droite en lambeaux, une énorme plaie à la nuque et une troisième dans le dos. C'est à croire qu'il a été attaqué par un fauve ! Il s'est vidé de tout son sang dans la neige, à un mètre à peine du repaire qu'il avait aménagé à même la terre. Une sorte de tanière. Pour le trouver, il fallait vraiment savoir qu'il se cachait là… N'importe qui aurait pu passer devant son gîte des centaines de fois sans le remarquer. Ce type vivait comme le plus misérable des hommes, dans un tombeau !

— Tu en as fouillé l'intérieur ? demande Sébastien d'une voix lasse.

— Naturellement. Et ça n'a pas été très long. Tu veux connaître le montant du petit magot que ce gars gardait enterré avec lui ?

— Ne te fais pas prier, Mallet ! Je n'ai pas le cœur à jouer aux devinettes. Combien ?

— Neuf mille cent cinquante euros !

— J'arrive… Donne-moi le point de chute.

— Tu es fou ! Laisse-moi me charger des formalités. J'ai l'équipe de nuit avec moi ; on est en train de procéder aux premières analyses et on apporte le corps au légiste. Ça peut attendre demain, je voulais juste te tenir informé, c'est tout ! Soigne-toi, vieux…

— Gros malin ! s'exclame Sébastien. Tu me sors du coma pour me dire qu'un quatrième pauvre type de Namangais s'est fait hacher menu par un dément et tu voudrais que je me recouche ? Dis-moi où tu te trouves et je déboule… »

Quentin a déjà filé dans sa chambre pour enfiler ses vêtements. Ce qu'il a entendu de la conversation téléphonique lui a suffi pour la reconstituer entièrement.

Son père vient de raccrocher et entre dans la chambre. Il voit son fils qui finit de remonter la fermeture Éclair de son blouson.

« Qu'est-ce que tu fais, Quentin ? Tu ne crois tout de même pas que… ?

— Notre contrat, p'pa… Tu ne l'as pas oublié ? »

Nouveau soupir de Sébastien Victor, qui murmure :

« Oui, on ne doit pas se quitter du week-end, je sais ! Mais là, c'est grave, mon garçon. Et puis il fait un froid de canard ! »

À cette expression, Quentin ne peut s'empêcher de sourire intérieurement, sans rien laisser paraître, en pensant : « Justement, pour que Canard puisse te lancer sur une piste lundi, il doit absolument t'accompagner. »

« On fera comme pour l'affaire des Égyptologues aux chats[1] ; je resterai dans la voiture le temps nécessaire. Tiens, je vais même préparer une thermos de thé à la menthe pendant que tu t'habilles. »

Sébastien hausse les épaules et obéit, vaincu par la détermination et l'énergie de son fils.

1. Voir *Les trois crimes d'Anubis*.

Après tout, cela ne lui déplaît pas que Quentin l'accompagne. Il se sent si malade, si fatigué… Si seul depuis son divorce.

Un quart d'heure plus tard, ils se retrouvent tous les deux côte à côte en voiture. La neige a redoublé, rendant la chaussée dangereusement glissante, et Sébastien Victor doit s'appliquer dans sa conduite.

Après une longue plage de silence, le père dit :

« Incroyable que des malheureux vivent dans des taudis par ce temps ! À la fin du vingtième siècle ! »

Quentin pense à Diogène, à son énorme palais-tonneau empli de livres, aux odeurs fines de papier jauni, de thé et de cuisine raffinée préparée sur un simple réchaud à gaz. Il pense à son vieil ami et à Chloé… Aux jambes colorées de Chloé. À son parfum de fleur blanche.

Paris sent bon, d'un seul coup. Malgré la mort et la misère, Paris blanchi de froid est chaud comme un petit rêve d'amour.

À la surprise de son père, Quentin sifflote dans son coin.

chapitre 7

En attendant Canard...

Roland Salima et son compagnon se sont arrêtés net de marcher quand ils ont aperçu les lueurs des gyrophares. L'aîné des deux a lancé un juron dans sa langue natale et s'est retenu au plus jeune, ayant perdu l'équilibre, son cœur s'étant arrêté de battre une seconde.

Des voitures de police, de pompiers, une ambulance… Du monde. Beaucoup de monde en uniforme ou en civil… Des agents ceinturent un large périmètre tout autour du pont qui enjambe la voie ferrée désaffectée… Mais la nuit est très avancée et aucun badaud n'est présent sur le boulevard Soult. Il n'y a là que des professionnels, des techniciens des services de la police… Silhouettes lentes et silencieuses dans la neige. On photographie, on relève des mesures, on porte un brancard… Une masse étendue sur le brancard que l'on enfourne dans l'ambulance, sans émotion… Gestes rituels, coutumiers…

« Henri ? balbutie Roland Salima. Sa question est déjà une certitude.

— Le Lion l'a trouvé lui aussi, Roland… Il nous fauche l'un après l'autre. Il n'achèvera sa besogne que lorsqu'il nous aura décimés ! »

Roland ne peut contenir ses larmes. Henri Sassou Nguella était l'un des Neveux qu'il aimait le plus. Il avait pour lui une véritable admiration, touchant presque à la dévotion. Henri, de tous les Neveux, était le plus impliqué dans le conflit qui les opposait au président Oméda. Il avait souffert dans ses geôles, où les prisonniers politiques étaient systématiquement torturés malgré les nombreuses interventions et protestations de diverses organisations internationales. Là, Henri avait laissé sa santé. Lui, le robuste professeur de mathématiques, dissident notoire et secrétaire général du récent parti d'opposition au régime d'Oméda, était ressorti de prison l'esprit et le corps brisés.

Roland est pris d'une quinte de toux et vomit dans la neige. Son compagnon lui tapote dans le dos et l'aide à se redresser en lui disant :

« Nous n'avons plus de temps à perdre. Nous devons prendre le Lion de vitesse et alerter les survivants. Le tueur est déjà en route.

— Mais comment allons-nous procéder si, comme c'est maintenant évident, il y a un traître parmi nous ?

— Nous agirons tel que Léopold nous l'a enseigné, petit ! Pour savoir si l'un de tes chiens est boiteux, fais les courir tous en même temps...

— Tu penses donc qu'il nous faut quitter nos planques ?

— Le plus rapidement possible, oui. Et cette fois, nul ne saura où se cachera son voisin. Le fruit est pourri, mon ami.

— Je comprends, souffle Roland. Le tueur ne saura plus où chercher. Mais nous nous réunirons cependant encore tous les lundis ?

— Bien sûr ! Nous ne sommes plus que six, nous pleurons nos morts, mais la Famille est toujours présente, capable de nuire à Oméda. Même s'il ne reste plus qu'un seul d'entre nous pour accueillir l'Oncle, nous aurons atteint notre but ! Un seul, tu entends ! L'un de nous doit survivre pour faire tomber cet assassin d'Oméda et le faire comparaître devant un tribunal international pour répondre de son crime. »

Roland respire à fond, s'emplissant de l'air frais de la nuit qui lui redonne courage en l'apaisant. Son regard plonge dans le ciel que fragmentent les flocons semblant venir de nulle part, n'apparaissant seulement à la vue qu'à une faible hauteur. « Un seul ! » répète-t-il avec fermeté, d'une voix assurée.

« C'était notre serment, souligne le vieil homme. Se sacrifier pour qu'un survive et aide l'Oncle.

— Hâtons-nous, Mansour ! »

Puis les deux hommes s'enfoncent dans l'obscurité, se tenant par la main comme le feraient un père et son fils. Deux Namangais dans Paris. Deux vagabonds habillés de hardes. Roland Salima, auteur de poésies interdites dans son pays, et Mansour Gali, ingénieur agronome à la retraite… Deux parias.

De la voiture où il est resté, Quentin assiste au balai muet des policiers, rythmé par les gyrophares des voitures. Spectacle étrange qui semble se dérouler au ralenti à cause de la nuit et de la neige.

Quentin réfléchit. Ainsi, c'est le quatrième Namangais tué dans Paris en l'espace de deux nuits. À cet homme anonyme aussi, le tueur a infligé d'effroyables blessures, simulant une attaque de grand fauve, semblant de cette manière répondre à un rituel en rapport avec une légende particulière.

L'adolescent donnerait cher pour avoir la permission d'examiner les lieux, voir le cadavre, chercher si l'un de ses bras possède une marque identique à celle découverte sur Bancloche.

Il va devoir jouer prudemment pour amener son père à lui confier tout à l'heure les dernières informations relevées par les enquêteurs. A-t-on noté le tracé d'un cercle barré près du corps ? Qu'a donné le relevé des empreintes autour de la tanière de la victime ? Quelle sorte de pas ? Venant et allant dans quelle direction ?

Mais la neige qui n'a cessé de tomber a sans doute effacé la plus grande partie des indices.

Son père est en train de remonter de la voie ferrée par un escalier à peine praticable. Mallet le soutient pour lui éviter de tomber. Arrivés sur le pont, les deux hommes reprennent leur souffle et Sébastien Victor se mouche en maugréant.

Quentin, malgré le froid, a baissé légèrement la vitre pour capter leur conversation.

Mallet dit :

« Nous voici avec un nouveau fantôme sur les bras. Aucun papier d'identité sur lui ni dans son terrier ! Rien de rien !

— Et du côté de l'ambassade namangaise, tu as du nouveau ? interroge Sébastien.

— Lauzec, notre stagiaire, y a passé l'après-midi. Il a fait le pied de grue pendant plus de deux heures avant d'être reçu par un sous-sous-secrétaire, puis un sous-secrétaire, un secrétaire, et enfin l'ambassadeur, qui lui a consacré cinq minutes ! Le temps de lui dire qu'il ignorait l'identité des trois premières victimes, que cela ne le concernait pas mais que, pour le principe, il allait tout de même se renseigner auprès des services de police de son pays.

— Une façon polie de nous renvoyer dans nos foyers ! Le Namanga est un pays muselé et son président n'apparaît pas comme un modèle de vertu ! La police, l'armée et la justice sont à sa botte.

— À quoi penses-tu ? s'étonne Mallet.

— À quelque chose de vague, pour l'instant... Je cogite en espérant que mon mystérieux Canard, avec ses providentielles révélations, ne m'oubliera pas dans cette affaire !

— Ah, Canard... Tu ne t'es jamais demandé par quel tour de magie ton informateur surgissait au bon moment ? D'où vient ce type ? C'est un agent des services secrets, ou quoi ? Moi, à ta place, je chercherais à le piéger pour savoir qui se cache derrière sa voix nasillarde.

— Surtout pas ! réagit aussitôt Sébastien Victor. Il m'est bien trop précieux.

— Mais enfin, reprend Mallet, ce gars atterrit dans nos enquêtes comme un ovni, il sait tout ce que nous faisons ou pensons, il nous pose deux ou trois devinettes, bouge quelques pions et hop, d'un coup, c'est l'illumination ! Ce petit malin fait partie de nos services ! Si ça se trouve, c'est l'un des nôtres ! »

Sébastien parvient à sourire pour préciser :

« C'est un génie ! Mon bon génie... Tu sais, comme dans les histoires où l'on frotte une lampe magique trois fois pour appeler son djinn à la rescousse. »

Dans la voiture, Quentin referme la vitre car son père et Mallet se rapprochent. Il n'a rien manqué de leur échange, et les confidences faites au sujet de Canard l'ont flatté.

« Oui, ton bon génie, p'pa… Tu ne crois pas si bien dire ! Mon cerveau mis à ton service. Lundi, Canard va te surprendre une nouvelle fois. Mais d'ici là, j'ai intérêt à avancer un peu si je ne veux pas te décevoir ! »

Quentin s'adosse confortablement à son siège et fait mine de somnoler quand les deux hommes atteignent la voiture. Son père ouvre la portière et salue Mallet avant de reprendre sa place au volant.

Quentin ouvre un œil et grommelle :

« On rentre ?

— On retourne se coucher. Pas un mot à ta mère, dimanche soir, c'est compris ?

— Juré, p'pa… »

Sébastien Victor met le contact et démarre. La voiture chasse plusieurs fois de l'arrière avant que son conducteur parvienne à la stabiliser.

« Crevé, moi… » souffle le père.

Quentin ne bronche pas. Trop fin psychologue, il a compris qu'il ne tirera rien de son inspecteur de père pour l'instant. Patient, il attendra dimanche matin, à l'heure du petit déjeuner. Aussi replonge-t-il dans ses pensées. Et celles-ci l'entraînent auprès d'un sans-logis surnommé Bancloche. Un cadavre qui ne ressemble absolument pas aux autres Namangais, tués pourtant dans les mêmes conditions !

Quentin en a découvert la raison... Il s'en assurera lundi avant de prendre ses cours, qui ne commencent qu'à dix heures. Une certaine pocharde l'aidera à consolider sa théorie.

Mais le tueur aux griffes d'acier n'aura-t-il pas commis un nouveau meurtre d'ici là ? Combien de Namangais reste-t-il à éliminer dans Paris ?

« L'assassin agit comme un prédateur dans sa forêt, imagine Quentin. Il traque ses proies en se fondant dans la nuit, jaillissant de l'ombre, y retournant une fois ses crimes accomplis. Il déloge ses victimes de leurs tanières car il sait où elles se terrent ! Quelqu'un le lui a dit... »

chapitre 8

Le Cercle de la Vie

Le samedi, Sébastien Victor n'arrive pas à se lever. Rompant avec ses habitudes, il traîne au lit, se mouchant, toussant…

Fiévreux, moite, le corps en coton, il accepte les aspirines que Quentin lui administre toutes les heures. Ce n'est que vers midi qu'il parvient à sortir de son lit trempé de sueur pour prendre une douche, se raser et s'habiller.

Quentin est dans la kitchenette et s'affaire dans la préparation d'un repas reconstituant composé d'une quantité de vitamines A, B et C dosées avec précision. Il a lu deux ans plus tôt de nombreux ouvrages médicaux qui ont fait de lui un médecin occasionnel mais efficace !

« Une véritable petite fée du logis ! » s'exclame son père en le voyant presser oranges et citrons, trancher kiwis et bananes.

Frustré de n'avoir pas pu parler de l'affaire des Namangais au petit déjeuner, Quentin compte bien se rattraper au cours du repas.

C'est d'ailleurs sans peine qu'il y parvient, Sébastien Victor éprouvant le besoin de penser tout haut en prenant son fils comme confident pour étayer ses réflexions.

De la sorte, Quentin apprend que la victime de cette nuit (déjà évoquée par les radios et les télévisions) porte la trace de scarifications identiques à celles de ses compatriotes, qu'il conservait de substantielles économies dans son trou à rat, qu'un cercle barré d'un trait a été effectivement griffé dans la neige… et qu'aucune maladie notoire, ni même de l'eczéma ou une infection légère, n'ont été décelés sur lui. L'homme, malgré sa condition de S.D.F., avait l'habitude de se soigner et de se laver. Par contre, on a relevé sur sa poitrine et son dos de nombreuses traces d'hématomes anciens ainsi que des cicatrices et des taches dues sans aucun doute à des brûlures. Les premières constatations indiqueraient que le malheureux a été récemment victime de tortures !

Ensuite, Sébastien Victor apprend à Quentin que les photographies des quatre victimes ont été faxées, à tout hasard, à l'ambassade de France au Namanga, que des inspecteurs sont déjà en train de se renseigner auprès de la petite communauté namangaise de Paris, qui vit essentiellement à la lisière du vingtième arrondissement, à la Porte des Lilas… Quelques familles qui ont fui leur pays lors des troubles et de la tragique répression ayant suivi la prise du pouvoir par le président Oméda…

Quentin laisse parler son père, mémorisant la moindre de ses paroles, réalisant que sa théorie se confirme. C'est bien d'une affaire politique qu'il s'agit. Canard saura remettre de l'ordre dans toutes ces pistes et diriger l'inspecteur Victor sur une voie unique.

Celle de Bancloche !

Toute l'enquête doit repartir de lui. De son squat dans le 15e arrondissement…

Le repas achevé, le père et le fils, qui n'ont

aucune envie de sortir, décident de faire une partie d'échecs. Quentin perd amicalement à cause d'un piège qu'il a manifestement évité de contrer. Puis un coup de téléphone de Mallet leur apprend que l'identité de la victime de cette nuit a été trouvée grâce aux photographies présentées à des réfugiés namangais. Il s'agirait de Henri Sassou Nguella, professeur de mathématiques et premier secrétaire du P.D.N., le Parti pour la Démocratie au Namanga, jeune et éphémère rassemblement politique…

Cette révélation est d'ailleurs confirmée deux heures plus tard par l'ambassade de France au Namanga.

Henri Sassou Nguella a effectivement été arrêté en juin dernier, une semaine après la mainmise du colonel Oméda sur le pays. Oméda a profité de la mort tragique du président Lidéréma – survenue dans un accident d'avion – pour s'emparer du pouvoir avec l'aide de l'armée et d'une faction policière.

On se souvient du simulacre d'élections organisées en hâte par les partisans d'Oméda qui ont porté celui-ci à la tête du pays. Une mascarade de démocratie, fagotée avec la bénédiction muette des grandes puissances, qui n'attendaient que l'éviction de Lidéréma pour fondre sur cet État convoité par une poignée de multinationales.

En six mois, le Namanga est devenu la poubelle de firmes pétrochimiques qui y enterrent leurs déchets, apportant ainsi des devises à un minuscule État qu'elles empoisonnent… dans l'indifférence générale.

Il a fallu ces quelques morts misérables dans Paris pour que le nom de ce morceau de terre d'Afrique ignoré soit prononcé. Trois ou quatre lignes dans les journaux. Deux phrases aux infos du soir à la télévision.

Mallet faxe le compte rendu du résultat des récentes investigations dans la soirée et Quentin en prend connaissance avec son père.

Cette fois, Canard possède suffisamment d'ingrédients pour composer ses fameuses recettes, qu'il proposera lundi à son père avec sa voix de dessin animé.

La journée du samedi s'achève par un plateau-télé dont Sébastien a le secret. Croque-monsieur, frites, salade, crème au caramel instantanée, coca.

Le père et le fils dînent en se gavant avec délice de leurs indigestes nourritures… Ils se gavent de pain chaud, de gruyère gras et croquant, de jambon trop salé, de pommes de terre… Ils se gavent d'émissions de variétés bêtes, racoleuses, insipides et pourtant drôles, comme on en réclame les samedis soir !

Malgré la fatigue accumulée et la fièvre encore présente de Sébastien, ils repoussent l'heure de se séparer pour se coucher, souhaitant partager le plus longtemps possible cet instant de complicité naturelle qui leur manque tant dans la semaine.

Sébastien Victor propose de regarder un film au magnétoscope. D'un commun accord, pour la vingtième fois, ils choisissent leur film culte, leur numéro un, le plus grand et le plus merveilleux de tous les films de l'histoire du cinéma : *Le père Noël est une ordure !*

Deux heures plus tard, ils sont chacun dans leur chambre. Le père sombre immédiatement dans un sommeil fébrile où des images chahutées se succèdent de manière incohérente. Des milliards de flocons de neige parasitent ses rêves douloureux.

Quentin, lui, allongé dans le noir, évoque quelques couleurs… Rouge, noir, jaune… Les couleurs d'une fille qui sent un frais parfum de fleurs.

Il se sait bien plus jeune que Chloé… À peine plus jeune, tout compte fait ! Son cerveau de surdoué est capable de le faire paraître adulte à sa guise. Et puis, il est de grande taille, ayant pris une dizaine de centimètres lors des dernières vacances estivales. Le cœur gonflé d'un espoir tout chaud, il s'endort en souriant. Il s'endort comme on se laisse glisser dans une sieste, le dos dans l'herbe, le nez au soleil.

C'est dans le chantier d'une usine en construction, quelque part sur le bord de Seine, que se tient l'assemblée des Neveux. Ils sont cinq hommes et une femme formant un cercle. Un cercle plus petit que celui du dernier lundi. Mais ils respectent le rituel de leur société secrète, comme leur tradition l'impose… Malgré le décès de Richard Manska, Léon Muaya, Seydoux Orwy et Henri Sassou Nguella, ils ont dessiné le Cercle de la Vie.

Ils ont agi selon l'enseignement de Léopold,

leur vieux maître et initiateur. Tel que le font tous les Neveux depuis des siècles dans les villages et les villes du Namanga.

Eux, les défenseurs de la liberté et de la fraternité, les enfants de la terre et du ciel, ils se sont pris d'abord par la main en une ronde immobile, demeurant ainsi de longues minutes en évoquant la mémoire de leurs amis disparus. Puis Mansour Gali, seul, a quitté la chaîne, a sorti un morceau de craie de sa poche et a tracé sur le sol en béton un cercle enserrant ses cinq compagnons. Une circonférence pleine, parfaite…

Mansour est revenu prendre sa place dans la chaîne maintenant protégée du monde extérieur par un invisible mur circulaire. Tous ont alors secoué leurs mains par trois fois pour les laisser retomber le long du corps.

La Famille ainsi reconstituée, les débats peuvent commencer. En raison de son âge, Mansour parle le premier. Cette prérogative permet en fait de dissiper le malaise des plus jeunes, car, comme le précise d'emblée le vieillard, la confrérie abrite un traître.

L'évidence prononcée, tous se regardent, s'épient, tristes, profondément tristes. Khady

Oulouna porte la main à sa bouche et réprime un cri. C'est l'unique femme du groupe, une historienne, conservateur du Musée d'art primitif namangais. Oui, elle en a la certitude, elle aussi, il ne peut en être autrement. Mais qui ? Lequel d'entre eux est-il le Judas ? Et comment est-il parvenu à se faire accepter, puis initier, dans la Famille ? Chacun de ses membres a été parrainé par un Neveu qui s'est porté garant de sa totale loyauté…

Le jeune Roland Salima, trop sensible, tremble des pieds à la tête. Idé Kizélé, l'ancien commissaire qui a connu les prisons d'Oméda, comme Henri Sassou Nguella, semble figé dans sa masse énorme, statue sombre qui ne paraît même plus respirer. Jean-François Houbgé, le frêle imprimeur qui éditait les poésies de Roland, se dandine d'un pied sur l'autre et regarde ses chaussures usées. Souty N'koué, le fermier dont l'État a confisqué l'exploitation, fait craquer ses doigts en se mordillant la lèvre inférieure.

Mansour poursuit :

« D'après le peu que nous sachions, le tueur connaît parfaitement nos pratiques. Il assassine nos frères en tentant de nous terrifier, signant ses crimes avec l'arrogance du Lion !

La femme réagit :

« C'est bien la marque d'Oméda ! Il a toujours haï les Neveux et ce qu'ils représentent. Du temps où il était colonel, nous devions déjà le redouter. »

Timide, de sa voix fluette, Jean-François Houbgé se fraie un chemin dans la conversation :

« Oui… En traçant le Cercle brisé de la Vie auprès de nos frères, Oméda nous livre son message et… »

Idé Kizélé le coupe :

« Et nous signifie par là que nous ne lui faisons pas peur. Il nous a trouvés et il nous donne en pâture à ses tueurs. Il joue avec nous en mettant en scène le mythe de notre confrérie. Cela l'amuse de faire mal. Tuer ne lui suffit pas ; ses victimes doivent souffrir ! »

Idé Kizélé reprend la parole pour s'adresser, en l'implorant presque, au vieux Mansour :

« Grand Frère, dis-nous le mythe… Raconte-le cette nuit encore une fois. Si je dois mourir bientôt, je veux partir avec le souvenir de ta voix le chantant à ma mémoire… Je t'en prie,

Mansour ! Dis-le pour les Neveux et pour le serpent qui les trahit ! »

Après un silence qu'il laisse durer volontairement afin d'en faire le terreau de son récit, Mansour parle. Il parle de sa voix profonde, grave et douce.

« Au commencement, sur la terre, il n'y avait qu'une seule et unique famille. *La* Famille ! Le père, la mère et les enfants vivaient en harmonie. Ils labouraient le sol pour qu'il leur offre son blé. Ils élevaient des animaux pour qu'ils leur donnent leur chair. Frères et sœurs s'aimaient et aimaient leurs parents en remerciant le ciel et les bienfaits de son soleil. Mais, avec le temps, vint la discorde. Le frère et la sœur aînés convoitèrent les richesses de la Famille pour eux seuls, trouvant injuste de les partager avec leurs cadets, moins courageux aux champs. Une nuit, ils s'unirent pour massacrer tous les leurs afin de s'enfuir dans la forêt en emportant la totalité des troupeaux et des biens. Pour réaliser leur plan, ils se servirent d'un grand lion qu'ils avaient apprivoisé et qu'ils libérèrent de sa cage afin de le lancer vers les huttes où père, mère, frères et sœurs dormaient. Du carnage, ne survécurent que deux petits enfants. Un garçon et une fille. Les deux traîtres se rendirent vite compte qu'ils s'étaient condamnés en brisant l'unité de la Famille. Ils souffraient désormais de l'absence des conseils de leur père et de l'affection de leur mère. Les animaux des troupeaux mouraient par faute de soins, les terres nouvelles manquaient de bras pour être labourées et fertilisées. Aussi, le frère et la sœur aînés décidèrent-ils de faire un enfant… puis un deuxième… et un troisième !

« De leur côté, les survivants du massacre, qui s'aimaient d'un tendre amour, s'épousèrent et fondèrent à leur tour un foyer. Ils élevèrent leurs nombreux enfants dans le souvenir de la tradition de leurs parents, leur apprirent à ensemencer la terre, à pêcher, à moudre le blé, à prier le ciel et son soleil.

« Chaque soir, ils formaient un cercle en se tenant les mains. Le père prenait un bâton et traçait une circonférence autour de sa famille, élevant de la sorte un mur invisible qui devait les protéger de l'attaque du Lion…

« Puis, comme tous les soirs, le père leur parlait des deux traîtres qui s'étaient volontairement retirés du Cercle de la Vie et qui végétaient dans les terres humides et sombres de la forêt, loin du soleil.

« Le père disait à ses enfants qu'ils étaient les neveux de ces malheureux, qu'ils devaient leur pardonner et les accueillir avec affection s'ils revenaient un jour. Car eux aussi, malgré leur faute, étaient de la Famille…

« Mais il les mettait en garde contre le Lion. C'était lui, le tueur à redouter. Il avait goûté au sang et à la chair des hommes et jamais plus il ne l'oublierait… Le Lion était l'ennemi de la Famille. Il le resterait jusqu'à la fin des temps. Car c'est sous sa forme que les traîtres commettraient leurs crimes. De ses griffes, le Lion briserait le Cercle de la Vie et emporterait les âmes de ses victimes dans les ténèbres de sa tanière.

« Le père répétait qu'il leur faudrait sans cesse lutter pour maintenir l'équilibre et la fraternité. Eux, les enfants de la terre et du ciel, les Neveux, ils étaient voués à conserver la tradition et à garder le cercle fermé afin de défendre les justes qui s'y réfugieraient, siècle après siècle… »

Mansour marque une pause pour examiner tour à tour les visages de ses compagnons. Tous connaissent par cœur cette parabole dont la portée symbolique est évidente. Mais cette nuit, dans le chantier de cette usine, le message de la légende résonne de nouveaux échos.

Les grands yeux d'enfant triste de Roland Salima brillent, au bord des larmes.

Mansour achève la saga :

« Les enfants des traîtres et les enfants des justes tentèrent de se retrouver. Ils parcoururent le monde en tous sens… Ils étaient tous des Neveux qui souffraient d'être désunis.

« Qu'ils soient séparés, qu'ils soient morts, les Neveux se rassemblent cependant par la pensée et la magie quand ils forment le Cercle de la Vie… »

Le vieil homme baisse la tête en une pitoyable expression de soudaine lassitude pour murmurer dans un souffle :

« Mais aujourd'hui, le Lion a pénétré dans le Cercle pour dévorer ceux qui s'y abritent… »

chapitre 9

Le second sang

Dimanche.

Quentin se félicite d'avoir réussi à faire tomber la fièvre de son père en l'obligeant à répéter les prises d'aspirine et de vitamines tout en lui interdisant de boire ses nombreux cafés.

Sébastien Victor se sent plus valide et disposé à sortir. Après un copieux petit déjeuner, le père et le fils s'habillent chaudement pour aller marcher dans le parc des Buttes-Chaumont. La neige leur offre un répit, leur permettant une longue et calme promenade où l'on parle des études de Quentin, des vacances de Noël, des réveillons qu'ils devront se partager entre parents…

Sur le chemin du retour, ils font quelques courses pour le repas de midi, mis en appétit par leur marche dans le froid. Puis, comme tous les dimanches, celui-ci se meurt lentement, de partie d'échecs en partie de Scrabble, de bribes de conversation émiettées en plages de silences…

On s'achemine avec paresse et ennui vers l'heure où Sébastien Victor doit ramener Quentin à sa mère. La séparation hebdomadaire… Une nouvelle rupture.

De toute la journée, ni l'un ni l'autre n'ont évoqué l'affaire des Namangais. Mais Sébastien, manifestement, ne cesse d'y penser.

C'est juste au moment où ils vont quitter l'appartement que la sonnerie du téléphone retentit.

Sébastien Victor décroche.

« Mallet ? Mais tu ne te reposes donc jamais ?

— Bonsoir, vieux… Tu sais, je hais les dimanches ! Pas de femme et pas d'enfant : que veux-tu que je fasse ?

— Eh bien, il est grand temps de te trouver une fiancée. Les dimanches peuvent servir à cela aussi !

— C'est ça ! Tu me vois en train de draguer dans les musées ou les jardins publics ?

— Je te soupçonne d'être un misogyne incurable. Tu finiras vieux flic bourru, avec un gilet de laine rouge, une pipe puante et les cheveux gras !

— Merci…

— Bon, dis-moi ce qui t'amène ; j'allais raccompagner mon fils chez sa mère. Grouille…

— Reçu, Inspecteur. Voilà, j'ai asticoté le labo, et le petit Novak a succombé à mon charme. Il m'a consacré son dimanche pour terminer toutes les analyses du sang prélevé sur les lieux des crimes.

— Ce n'était pas urgent, remarque Sébastien.

— Il y avait un détail qui me chiffonnait. Cela concerne le premier crime, celui du dénommé Bancloche. Le corps du type baignait dans son sang, à moitié défiguré, la gorge béante…

— Oui, je m'en souviens, et ensuite ?

— J'avais noté alors, sans trop y donner d'importance, qu'il y avait aussi des traces de sang beaucoup plus loin du corps, au niveau du palier. On en avait pris un échantillon, et c'est ce sang que j'ai demandé à Novak d'analyser.

— Oui ? fait Sébastien, aussitôt intéressé.

— Ce n'est pas celui de Bancloche ! C'est le sang d'un autre homme, Sébastien ! »

L'inspecteur Victor émet un petit sifflement puis sourit avant de proposer :

« Ce serait celui du tueur ? Bancloche serait parvenu à blesser son agresseur au cours du combat ?

— Grosse probabilité, en effet !

— Tu as bien travaillé, Mallet ! J'aime, quand tu marches au flair ; on gagne du temps. On voit tout cela ensemble demain matin à la première heure… Réunion de l'équipe au complet pour faire le point. Bonsoir, Mallet. »

Sébastien repose le combiné. Il paraît pensif et Quentin s'en étonne, curieux de l'entendre résumer avec précision ce qu'il croit avoir deviné.

« Je t'expliquerai dans la voiture, viens… »

Quentin a empoigné son sac et suit son père. Quelques minutes plus tard, au volant, Sébastien Victor lui fait part des résultats de l'analyse du second sang. Bancloche, surpris dans son sommeil, aurait réagi et se sera défendu. Dans le combat, il aurait sans doute infligé une blessure à son agresseur, qui se serait enfui en perdant de son sang.

Quentin se garde bien de demander avec quelle arme le S.D.F. aurait pu blesser l'assassin. Il ne se souvient pas que son père ait mentionné un objet quelconque taché de sang et abandonné sur les lieux. Pour quelle invraisemblable raison le tueur se serait-il emparé de cette arme improvisée pour s'enfuir avec elle ? Sa logique, son imparable logique lui impose de refuser cette éventualité.

Depuis qu'il aide secrètement son père à conclure ses enquêtes, Quentin a appris à se fier à son propre mode de raisonnement. Il envisage tout mystère comme un problème de mathématiques, avec ses chausse-trappes, ses équations en labyrinthes, ses jeux de miroirs… Pour chaque énigme, il procède par éliminations successives afin de ne garder que deux à trois solutions potentiellement évidentes. Car, pour Quentin, logique, évidence, cohérence et déduction sont les moteurs de son imagination.

Rien ne s'est passé dans la cachette de Bancloche comme l'estiment son père et Mallet. Cela crève les yeux, maintenant, et Quentin éprouve de la déception en constatant que son père est incapable de le voir !

« Tu penses à quoi, mon grand ? »

« Il m'appelle mon grand le vendredi, quand il vient me chercher, et le dimanche, quand il me reconduit ! »

« À rien, p'pa », ment-il.

Il pense à Canard. C'est lui qui déclenchera le dernier acte du drame qui se joue actuellement dans Paris. Canard ignore une partie du motif qui anime les Namangais et leurs tueurs, mais cela n'a plus beaucoup d'importance. Après tout, le scénario n'est pas l'élément le plus important de la tragédie…

L'urgence consiste à éviter de nouveaux meurtres. Cependant, Quentin est pris d'un mauvais pressentiment. La fréquence des crimes prouve que les tueurs (s'ils sont plusieurs) ont décidé d'achever rapidement leur besogne.

Le silence s'est installé dans la voiture. On traverse Paris, qui offre la lumière de ses vitrines décorées pour Noël. Le garçon regarde d'un œil distrait ces petites taches de couleur qui ne l'émerveillent plus depuis longtemps. Lui, le surdoué, il n'a jamais eu le sentiment d'avoir été un véritable enfant. Il a toujours joué la comédie pour ses parents ou ses amis… Mais il ne peut pas tricher avec lui-même, il possède le cerveau d'un centenaire qui n'aurait jamais cessé d'apprendre.

Parfois, ce cerveau-ordinateur est un fardeau. Parfois. Comme tous les dimanches soir, lorsqu'il doit abandonner son père, supporter son regard empli de regret et de culpabilité, embrasser ses joues piquantes, l'entendre dire : « Bonne semaine, mon grand ! » et se forcer à sourire tel un acteur fatigué.

Parfois, Quentin est trop vieux.

chapitre 10

Une présence derrière la porte

Sa mère lui ouvre. Quentin l'embrasse. Il n'a pas fait trois pas dans l'entrée qu'il perçoit un infime soupçon de tabac blond qu'on a pourtant cherché à camoufler à l'aide d'un quelconque désodorisant.

Aussitôt, Quentin est bougon. L'odeur mielleuse et collante provient des cigarettes que fume Jean Mélinot les-belles-dents ! L'associé de sa mère… Son petit ami, plutôt ! Un grand type avec une gueule d'acteur, musclé, affichant perpétuellement le sourire imbécile de celui qui traverse la vie en dansant sur un fil à vingt mètres du sol !

« Ça s'est bien passé avec ton père ?

— Oui.

— Pas plus ? insiste sa mère.

— P'pa est grippé. Il a une crève sévère. On s'est quand même offert le resto et le cinoche. »

Quentin fait l'impasse sur la nuit de vendredi à samedi. Il se rend dans sa chambre, jette son sac sur son lit et retire blouson et chaussures. Il entend sa mère préparer le dîner dans la cuisine. De l'huile grésille, saisit un morceau de viande, des oignons… Du poivre est broyé au moulin, des assiettes sont entrechoquées. Ce sont les parfums et les petits bruits du dimanche soir. Le rituel du steak au poivre et à la crème.

Quentin respire un grand coup et sourit en s'ébrouant. Il se dit qu'il n'a aucune raison d'en vouloir à sa mère. C'est ainsi… Divorcée, elle est en droit d'apprécier le charme d'un ami qu'il ne déteste que parce que celui-ci a le tort de ne pas être son père. Il ressort de sa chambre et vient tenir compagnie à sa mère qui, les joues rouges, les cheveux un peu défaits, si jeune, si belle, chantonne en lui préparant son repas favori.

Il ouvre le réfrigérateur, prend la crème, pose le pot sur le bord de la cuisinière.

« Ça sent bon, m'man. »

Le visage de sa mère s'éclaire. Elle s'approche de lui pour déposer un baiser dans son cou. Elle se penche à peine pour le faire et dit :

« Comme tu as grandi… »

Il y a une pointe de regret dans sa voix. Mais de la fierté aussi.

« Il travaille sur quoi, en ce moment, Sébastien ?

— Une série de meurtres bizarres. De pauvres types sont déchiquetés, griffés et égorgés dans leur squat. Ce sont tous des Namangais !

— Ah, c'est lui qui est sur cette affaire ? J'en ai vaguement entendu parler aux infos, hier soir. Il avance ?

— Pas facile… Tiens, on devrait peut-être retourner le steak ? »

Puis la conversation s'effiloche, mais Quentin en apprécie l'inconsistance, qui le détend et ne l'empêche pas de réfléchir à la fois à ce que dira Canard demain, à l'exposé qu'il doit bientôt rendre à son professeur d'histoire, aux cadeaux qu'il fera à son père et à sa mère… et à Chloé.

Son cerveau précisément compartimenté lui permet ce prodige dont il ne tire aucun orgueil.

Il avale son steak en quelques bouchées tandis que sa mère se contente d'une salade à cause de sa silhouette de fée à préserver. Il engloutit le tiers d'un camembert dur comme de la pierre mais qui le régale, boit un demi-litre de lait et décide que son dîner est terminé.

« À ce rythme-là, tu vas encore prendre dix centimètres dans l'année ! s'exclame sa mère.

— Je suis resté longtemps trop petit. Je me rattrape. »

Il ne peut tout de même pas lui dire qu'il n'a pas envie de se mettre sur la pointe des pieds pour embrasser les filles. Une fille, surtout !

« Tu as fait tous tes devoirs et appris tes leçons ?

— Affirmatif.

— On se regarde un film à la télé ?

— Vendu. »

Et, après qu'Harrison Ford ait sauvé les États-Unis d'Amérique au terme de deux heures quinze d'angoisse, d'explosions et de trahisons éventées, la mère et le fils vont se coucher.

Dans son lit, Quentin procède à un exercice mental qui lui est coutumier et qui consiste à faire le vide intégral. Il met son ordinateur cérébral en veille dans le but d'éviter une surcharge. Il commence par réguler sa respiration, ralentissant le rythme des battements de son cœur, puis décontracte tous ses muscles, dont il connaît chaque nom. Il les débranche !

Enfin, le pouls baissé au maximum, le corps sans poids, étendu comme un gisant, il ferme son esprit à tout ce qui est extérieur. Tout… Bruits, odeurs, souffle infime… Tout !

Un état aux limites de l'inconscience, où il ne repose sur rien et ne flotte cependant pas. Il est ailleurs… En lui-même. Tel un animal invertébré qui se referme. Il s'avale. S'il avait le temps, si cela lui était permis, il resterait ainsi des siècles. Passager immobile de la vie.

Dès huit heures, Quentin est dans la rue Copreaux. Avant de se diriger vers le squat qu'il devine derrière une palissade de chantier éventrée, il vérifie qu'il n'y a aucun agent en faction.

Rassuré, croisant de rares passants frileux et pressés, il atteint la palissade et la franchit vivement pour se retrouver dans une petite cour encombrée de débris qui émergent en masses compactes de la neige poudreuse.

En trois enjambées, il est dans l'immeuble vétuste. Comme il s'y attendait, la porte de la chambre de Bancloche n'a pas été scellée. Il la pousse… Il trouve la pièce à peu près comme son imagination l'a évoquée. Juste un peu plus grande.

Demeurant immobile sur le seuil de la porte, il photographie mentalement tout ce que son regard précis peut saisir, mémorisant chaque détail en le classant. Il remarque que certaines choses ont sans doute été bougées par les inspecteurs… Les couvertures, les cartons, une caisse supportant un réchaud… D'autres objets doivent manquer, emportés par les experts…

Quentin avance d'un pas. Il fixe un instant la forme dessinée au sol, de laquelle déborde la tache de sang noirci. La silhouette du corps qu'un peu de neige emplit pour en faire un fantôme sans volume. Un second pas… Le garçon tourne lentement sur lui-même, s'imprégnant de l'âme des lieux, photographiant cette fois l'ensemble de la pièce en un cliché de cent quatre-vingt degrés qu'il tente de superposer à celui conçu par son esprit d'après les informations recueillies auprès de son père. Il s'immobilise. Il abolit le temps et fouille le passé… Il voit Bancloche allongé sur sa couche… Le tueur sur le palier, qui va entrer…

Il devine l'arme effrayante de l'assassin, ses griffes d'acier… La lutte… Car Bancloche, qui a entendu l'inconnu et qui se tient sur ses gardes, a bondi hors de son lit pour se jeter sur lui.

Le corps à corps… Les blessures… La mort.

Il frissonne d'une angoisse soudaine, tant les images qu'il perçoit sont réalistes. Du sang ! Beaucoup de sang ! Le criminel s'acharne sur sa victime pour la déchirer.

« C'est ainsi que le drame s'est déroulé… Mais ce n'est pas comme mon père le comprend qu'il faut l'interpréter ! »

Il est surpris dans ses réflexions par des craquements sourds au-dessus de lui.

« Ça provient de l'étage… La pocharde ! Elle est réveillée. »

Bruits de pas furtifs. Quentin quitte la pièce, traverse le palier et s'engage dans l'escalier.

Il monte avec prudence les marches disjointes aux lattes de bois vermoulu. Elles grincent en geignant sous son poids et lui semblent produire un bruit énorme.

« J'annonce ma venue, c'est malin ! »

À l'étage, il marque un temps. Il avise deux portes, dont l'une est barricadée. Il colle l'oreille contre l'autre. Plus de bruit. Le silence l'inquiète sans qu'il en saisisse véritablement la raison. Une peur injustifiée qui couvre sa peau d'une chair de poule glacée. La frousse. Seulement la frousse !

« Pourquoi devrais-je craindre une malheureuse femme ? Ce n'est qu'une pauvre S.D.F., alcoolique, misérable et pitoyable. »

Il se décide enfin à pousser la porte. Doucement… Toujours aucune réaction dans la chambre.

« Elle est réveillée ! Je n'ai pas rêvé, je l'ai bien entendue marcher. »

Mais, la porte ouverte complètement, Quentin discerne le lit de fortune de la vieille femme et celle-ci qui y dort, à plat dos, bâillant comme une morte.

« Elle fait semblant ! »

Telle une fleur noire, sa peur développe ses pétales épais dans sa poitrine et l'oppresse. Il respire par à-coups vifs en s'approchant de la litière de la pocharde. Il butte sur une bouteille renversée qu'il envoie rouler contre une caisse en bois. Un son mat. La femme mâchonne l'air en faisant des gloussements obscènes et bouge sa grosse masse gélatineuse, libérant une odeur d'urine restée docilement endormie jusque-là.

« Eh bien, si elle fait semblant, c'est fort ! Non, elle dort réellement et j'ai dû me tromper en croyant l'entendre marcher. Ce n'était qu'un rat ! La vieille en écrase ! Je parie qu'elle a sifflé plus d'une bouteille pour se réchauffer et trouver le sommeil ! »

La pocharde glapit, articule des syllabes pâteuses sans suite mais n'ouvre pas les yeux, poursuivant un sommeil comateux.

Quentin s'habitue à l'ombre et précise le décor crasseux. Tout est tristement minable et suintant d'humidité. Des misères amoncelées comme des trésors dans la tombe d'une reine déchue. Des boîtes de conserves éventrées, dégueulant de sauces brunes, des sacs en plastique fermés au contenu mystérieux, des bouteilles, beaucoup de bouteilles, pleines ou vides, des chiffons, des cartons, des boîtes d'œufs sans leurs œufs, une fourchette, une cuiller…

Le garçon imprime tout dans sa mémoire, tel un scanner. Et il tombe sur un morceau de chiffon blanc ensanglanté qui traîne sur un tabouret. Plus loin, sur le sol, une boîte en fer ouverte contenant un flacon d'alcool, une paire de ciseaux, des compresses…

Sa théorie vient de cueillir sa preuve dans cette pièce sordide et il exulte malgré sa frousse, qui redouble d'intensité et lui broie le foie à lui donner la nausée.

Imperceptiblement, il recule, tentant un repli silencieux et invisible.

« Maintenant, je sais qui marchait ! Car quelqu'un a effectivement traversé cette cambuse alors que je fouillais la chambre de Bancloche ! »

Sa peur, sa peur noire n'attendait que cette formulation pour grossir encore dans sa poitrine. La fleur grasse et huileuse qui a plongé ses racines dans son cœur n'attendait que cela… La vérité !

Quentin ne parvient plus à détacher son regard de la porte qu'il a découverte dans le mur qui lui fait face. Une porte fermée sur une seconde pièce…

« Il est derrière ! »

Il marche à reculons en automate. La vieille femme remue dans sa montagne de châles et de couvertures souillées. Il se cogne la jambe contre une caisse, se mord la lèvre inférieure et poursuit son chemin en tremblant, les yeux toujours fixés sur la porte fermée.

« Il est derrière, se répète-t-il. Et si je m'étais trompé ? Si c'était… »

Il n'ose pas poursuivre sa pensée. Il imagine les griffes d'acier, les blessures terribles qu'elles infligent. Enfin, il se retrouve sur le palier. Il tourne les talons et dévale l'escalier d'un trait, avalant les marches au risque de se briser la nuque.

Il est dehors. Dans la cour enneigée. Il aspire une bonne grosse goulée d'air frais pour étouffer la fleur de frousse dans sa poitrine.

Il n'a plus qu'une envie, sortir de ce squat morbide, retrouver la vie dans les rues, voir du monde et respirer. Respirer !

Quentin passe à travers la palissade et se retrouve nez à nez avec un bouquet de couleurs. Du jaune, du rouge, du bleu. Des jambes jaunes, un manteau rouge et un bonnet bleu. Dans le bouquet, il y a Chloé, la jeune assistante sociale.

Chloé qui ouvre de grands yeux ronds étonnés, tout verts de surprise.

« Tu collectionnes les S.D.F., Quentin ? C'est bien Quentin, non ? »

Les joues chaudes subitement, il se trouve idiot, timide, gamin et muet.

« C'est quoi, ton problème psychologique, Quentin ? Tu n'as pas de copains ? ou de copines ? »

Il lui parlerait bien… Il aurait des tirades entières à lui sortir en échange de ses moqueries. Il a de l'intelligence, de l'humour, le sens de l'à-propos et de la répartie à revendre ! Mais là, les pieds en canard sur le trottoir, face à ces yeux fabriqués avec du vrai sirop de malice, face à ces lèvres rondes et roses au sourire pain d'épices, face à ces jambes bouton d'or, lui, le surdoué, le garçon le plus intelligent de la terre, il bredouille un « salut » plein de craie qui lui arrache la gorge en passant !

« Salut, reprend-elle au bond en allongeant son sourire.

— Je vais vous… t'expliquer…

— Je faisais un test, Quentin. Je voulais voir si ton sentiment de culpabilité était chronique. »

Touché ! Il sourit à son tour. Puis il réalise pour la seconde fois qu'ils ont la même taille. Cela lui donne du courage. Il soutient son regard transparent mais inquisiteur et invente un mensonge comme il les aime.

chapitre 11

Un flirt au chocolat

Quentin raconte que Diogène lui a parlé d'une pauvre femme vivant misérablement dans ce squat et qu'il a rencontrée à plusieurs reprises dans le quartier. Lui, Quentin, il a été chargé par Diogène de venir lui apporter quelques provisions et des couvertures pour qu'elle ne meure pas de faim et de froid. C'est tout... Il a joué au messager humanitaire avant de prendre ses cours. Et elle, que fait-elle ici ?

Chloé, qui paraît le croire, lui répond que la mairie l'a alertée sur les conditions de vie misérables de la femme en question. Les services sociaux ont découvert l'existence de la malheureuse à la suite d'un crime commis au rez-de-chaussée de l'immeuble promis à la démolition. C'est d'ailleurs elle qui a prévenu les pompiers, vendredi matin, après avoir découvert le cadavre mutilé de son voisin.

« Ah oui, ça me revient maintenant, dit Quentin, l'air angélique. Je n'avais pas fait le rapprochement. Mince, si j'avais su qu'il s'était commis un meurtre ici, je n'y aurais pas fichu les pieds ! »

Puis il réalise alors que Chloé va vouloir monter voir la femme. Il repense à la porte fermée sur la mystérieuse seconde pièce... Il embraye aussitôt sur un nouveau mensonge qu'il lui faut livrer tout chaud et pétri de conviction.

« Dommage... Tu t'es déplacée pour rien. J'ai fait chou blanc. La vieille a dû trouver un abri dans le métro pour la nuit à cause du froid. J'ai laissé mes provisions auprès de son lit en espérant qu'elle reviendra bientôt.

— Flûte ! souffle-t-elle en jetant un regard dépité sur le dossier qu'elle conserve sous son bras gauche.

— Je te paye un café ? »

Il le lui a proposé sans réfléchir. C'est sorti tout seul, comme si un nouveau logiciel venait de pousser dans son cerveau. Un programme vif et pas intellectuel pour un brin. Un petit machin bien ficelé pour draguer !

« Je préfère un chocolat, dit-elle. Tu bois du café, toi ? »

Piqué à l'âge ! Il hausse les épaules et répond fièrement :

« Ça m'arrive ! Mon père en boit énormément. Je tiens de lui. »

Avant de quitter la palissade, Quentin se retourne sur l'immeuble en ruine. Il lève les yeux vers le premier étage et son regard accroche une fenêtre aux volets à demi clos.

Il devine une silhouette qui les épie, immobile et curieuse…

« Et si je m'étais trompé ? » se demande-t-il encore une fois.

« On y va ? s'impatiente Chloé. Je présume qu'à part faire le tour des squats, tu passes quelques heures en classe ?

— Je commence à dix heures, ce matin. »

Ils remontent la rue Copreaux pour déboucher sur le boulevard Pasteur. Quentin désigne un café juste en face de la bouche de métro.

Ils y entrent, appréciant immédiatement sa chaleur, ses odeurs et ses bruits. Ils choisissent une banquette dans le fond de la salle. Quentin éprouve pour la première fois un sentiment inclassable… C'est fait d'une émotion qui lui noue la gorge, d'un plaisir lié à une impression de liberté, subtil mélange d'orgueil, d'appréhension et de timidité !

Quand le serveur prend leur commande, Quentin se replie sur un chocolat, imitant Chloé qui ne joue pas à la grande, elle !

Quel âge peut-elle avoir ? Dix-neuf, vingt ans ? Il le saura au cours de la conversation. À condition que celle-ci se décide à naître ! Pour l'instant, c'est le silence. Une bulle de silence qui les isole des autres consommateurs, les unissant artificiellement.

Elle lui sourit. C'est sa défense, son large sourire clair et chaud.

« On commence par toi, d'accord ? propose-t-elle. Nom, prénom, âge, situation familiale… »

Il n'a pas la force d'éclater de rire mais il admet que l'entrée en matière a le mérite d'être efficace. Il décline son identité comme s'il répondait au questionnaire d'un formulaire administratif. Il lui parle ensuite de ses parents divorcés, évitant de donner la profession de son père, lui avoue quelques passions dans lesquelles il jette en vrac le cinéma, la lecture, la cuisine gastronomique, la natation, les jeux de lettres, les échecs, le tennis l'été, le ski l'hiver avec une tante qui possède un chalet à Avoriaz…

Puis c'est au tour de Chloé de jouer ses cartes et il apprend qu'elle s'appelle Chloé Thuillier, que ses parents font partie des soixante-cinq pour cent de couples non divorcés, que sa mère est au chômage, que son père est électricien… Elle avoue n'être que stagiaire à la mairie, ayant arrêté ses études pour aller à la pêche d'un job qui rapporterait un peu d'argent à la maison. Une relation familiale l'a fait accepter au service social, qui engage actuellement à tour de bras pour que descende la courbe des demandeurs d'un premier emploi. Elle énumère ses goûts, qui coïncident harmonieusement avec ceux de Quentin, insistant sur la natation. D'ailleurs, elle propose comme une bonne idée d'aller à la piscine ensemble prochainement.

Là, Quentin, rien qu'à l'imaginer en maillot de bain (bleu, rouge, vert ?), trouve que c'est sans aucun doute la meilleure idée de l'année.

Enfin, Chloé lui donne son âge. Avec une légère réticence. Dix-neuf ans.

Ensuite, la conversation devient magique. Il y a la bonne odeur du chocolat chaud, les lèvres de Chloé colorées de noir sucré, ses sourires, ses dizaines de sourires derrière lesquels Quentin décèle par moments un peu de tristesse dissimulée… Mais elle est belle et gorgée de vie, d'espoir, d'envie de faire mentir les charognards de l'avenir qui imaginent le futur des jeunes comme un désert où rien ne devrait pousser. Il y a ses longs monologues qui prouvent sa satisfaction d'avoir découvert un ami qui l'écoute, la comprend, la dévore du regard avec des yeux propres…

Le charme se brise quand elle voit l'heure à sa montre. Elle doit partir vers le quai d'Issy pour rendre visite à un couple de vieillards qui vit dans une cave sans lumière.

Quentin réalise qu'ils n'ont pas évoqué le cas de Diogène et se demande si elle l'a fait exprès pour éviter toute fâcherie.

Avec des gestes empruntés à son père, il fouille dans la poche de son blouson à la recherche de monnaie, contrarié du prix du chocolat dans un café parisien.

« Laisse », dit-elle en déposant un billet de cinq euros.

Il n'ajoute rien. Une heure passée ensemble les a initiés l'un à l'autre et ils ont déjà appris que les silences sont souvent les meilleurs arguments de l'amitié. Car ce sont eux qui respectent la fierté et la générosité.

En sortant du café, ils remarquent que la neige s'est remise à tomber.

« C'est parfait, je vais prendre mon métro ici, annonce-t-elle.

— On se revoit ? »

Nouveau sourire. Et une minuscule brillance dans le regard vert.

« Bien sûr, Quentin. Donne-moi ton numéro de téléphone, c'est moi qui t'appellerai. »

Il le lui récite. Elle le note au stylo sur la chemise de son dossier.

« C'est chez ta mère ?

— Oui. Tu veux aussi celui de mon père, pour le week-end ?

— Je t'appellerai avant. »

Sa réponse est un espoir, une promesse. Un rêve. Puis, sans qu'il s'y attende, elle se penche pour lui déposer un baiser frais et chocolaté sur la joue. Au coin des lèvres.

« Au revoir, Quentin. À très bientôt…

— À bientôt, Chloé… »

Elle virevolte avec ses couleurs qui dansent dans la rue pâle. Deux mètres plus loin, elle se retourne pour lui lancer :

« Tu es gentil, Quentin ! Non, tu es plus que cela… »

Mais elle n'achève pas et s'engouffre dans la bouche de métro, où ses couleurs disparaissent. La place, les rues redeviennent banalement blanches.

Quentin sera en retard à son cours de physique. Il s'en moque avec une décontraction et une négligence qui lui donnent d'un coup une assurance inhabituelle.

Il se dirige alors vers une cabine téléphonique pour que Canard entre en scène et aide l'inspecteur Sébastien Victor à trouver une fin à la tragédie des Namangais de Paris.

« Non, je ne me suis pas trompé… C'était lui, à l'étage ! Ça ne peut être que lui… »

Fort de cette certitude, il sifflote en glissant sa carte téléphonique dans l'appareil.

chapitre 12

La recette de Canard

« C'est pour toi, Sébastien. Tu le prends sur la trois…

— Qui est-ce ? » demande l'inspecteur Victor à Mallet qui lui tend le combiné.

Mallet se pince le nez pour répondre :

« Ton Canard. Tu attendais de ses nouvelles, non ? C'est le grand amour ; il ne t'oublie pas, tu vois ! »

Sébastien Victor appuie sur la touche « ampli » de l'appareil pour faire profiter son service de la conversation avec son énigmatique informateur. Puis il dit :

« Tu es matinal, Canard ! Tu es sorti de ta mare en quel honneur ? »

La voix déformée, aux accents de dessin animé si particuliers de l'indicateur, émet un petit ricanement en cascades puis demande :

« On joue, Inspecteur ?

— Ça dépend. De quoi s'agit-il ? Une charade comme tu les apprécies ? Celles qui me donnent mal à la tête ? Tu voles toujours un peu trop haut pour moi, l'oiseau.

— Entendu. Je serai plus clair que d'habitude. Et puis, ce n'est pas un temps pour prendre trop de hauteur ! Trop froid… Beaucoup trop froid.

— Tu te fais long, l'ami. J'ai du travail par-dessus la tête et je ne suis pas sûr d'apprécier ton humour.

— De mauvaise humeur ? C'est à cause des Namangais qui se font manger par un méchant fauve en liberté dans Paris ?

— Tu es donc au courant ! »

Nouveau rire de Canard.

« J'ai une recette à vous proposer, Inspecteur. Vous m'écoutez ? C'est un plat glacé. Vous prenez deux tueurs. Ou trois, selon la saison. Plus, si vous êtes nombreux à déjeuner. Vous en réservez un grand avec de belles griffes. Vous le mettez dans la chambre d'un Bancloche à point.

Vous remuez, secouez et récupérez un cadavre neigeux. Mais c'est là qu'il est nécessaire de posséder un sacré tour de main parce que le tueur, vous l'avez réduit de manière à le faire disparaître ! Parti en fumée, le fauve ! »

Mallet pointe son index sur son front en le tournant à l'attention de Sébastien Victor. Celui-ci interrompt Canard :

« Je ne comprends rien à ta cuisine. Ton soufflé ne prend pas. Qu'essayes-tu de me faire découvrir ?

— C'est pourtant simple, reprend Canard en articulant plus lentement, comme s'il s'adressait à un enfant, ce qui énerve manifestement son correspondant. C'est même très simple : rappelez-vous la marque sur l'avant-bras de Bancloche…

— Tu as appris cela aussi ?

— Ne me coupez pas, Inspecteur. La marque… Les deux sangs différents. L'un dans la pièce, l'autre sur le palier… »

Mallet ouvre la bouche en un « oh ! » qui ne veut pas sortir.

« Vous me suivez, Inspecteur ?

— Je fais des efforts.

— C'est un progrès ! Eh bien, imaginons que l'empreinte au bras du mort ait été laissée par un gant de fer comportant quelques belles griffes d'acier ! Imaginons que quelqu'un, blessé, soit parvenu cependant à venir à bout du porteur de ce gant, qu'il soit parvenu à le lui arracher pour le retourner contre lui ! Imaginons que l'identité du mort cloche vraiment !

— Bon Dieu ! » jure Sébastien, saisi d'une révélation qui laisse pantois son entourage.

Mallet n'a toujours pas refermé la bouche. Il demeure hypnotisé, les yeux dans le vide.

« Ma recette commence à vous titiller les narines, non ?

— Et comment ? Tu… Tu veux dire que Bancloche a entendu venir son assassin, qu'il s'est battu avec lui et que le mort que l'on prend pour…

— Le mort que vous appelez Bancloche est l'un des assassins des Namangais, Inspecteur ! Bancloche est blessé et c'est son sang à lui – et non celui du tueur – que vous avez recueilli sur le palier.

— Pourtant, la vieille pocharde l'a reconnu. Tu es au courant, n'est-ce pas ?

— La vieille femme a reconnu un Africain dans les vêtements de Bancloche. Un type à moitié défiguré et couvert de sang. »

Sébastien s'est mis à parler vite, défaut qui trahit traditionnellement un état de nervosité extrême :

« J'y suis ! Bancloche tue celui qui devait l'assassiner, il le déshabille, échange leurs habits et, blessé, prend le large. Vivant, il a encore une chance d'intervenir auprès de ses amis. Mais un second tueur profite de sa fragilité et massacre à la va-vite… Tu sais qui sont ces gars, pourquoi ils se cachent dans des nippes de S.D.F. et pour quelle raison on les élimine ?

— Pas trop d'épices à la fois, Inspecteur. Ça risque de gâcher ma recette. Chaque chose en son temps.

— Excuse-moi… Tu es arrivé à ces déductions par quel tour de sorcellerie ? »

Rire de Canard.

« Avec les seuls ingrédients dont vous disposez. Les mêmes. De l'argent manquait au domicile de Bancloche. Auprès de tous les autres Namangais, vous avez retrouvé leurs économies sans doute emportées lors de leur fuite de leur pays. Pas le moindre billet chez la première victime. Bancloche, avant d'abandonner sa chambre, a récupéré son magot ! Vous aviez l'information, Inspecteur…

— Justement, me diras-tu un jour par quel moyen tu apprends la même chose que nous, en même temps que nous ?

— Mon secret fait mon charme… Je vais bientôt devoir raccrocher. Mais avant, je vous conseille de voler au secours de Bancloche, que le ou les tueurs qui restent vont tenter de débusquer.

— Et où le trouverons-nous, malin ? »

Soupir de Canard qui en dit long sur le peu de respect qu'il manifeste devant les compétences de son interlocuteur.

« Vous le dénicherez là où il a toujours été ! Dans son squat ! Faites-vous offrir un ballon de rouge par son hôtesse. À bientôt, Inspecteur. »

Canard a raccroché. Sébastien Victor reste un moment avec le combiné muet collé à l'oreille. Le temps pour Mallet de quitter son K.-O. debout. Le temps pour Lauzec d'entrer en trombe dans le bureau, le visage blême. On se retourne sur lui.

Il bredouille :

« Patron... Pa... patron... On vient de nous prévenir... Cinq cadavres de Namangais ont été découverts ce matin sur un chantier... »

Sébastien Victor et tous les occupants du bureau se regardent avec une même expression de dépit, de colère et de tristesse.

« On ne sert donc à rien ! » murmure Mallet.

chapitre 13

Le piège

Chloé s'est rendue quai d'Issy, dans une ruelle qui attend les premiers assauts des bulldozers. La gardienne de l'immeuble décrépi et lépreux dans la cave duquel vit un couple de vieillards nécessiteux apprend à la jeune fille que ceux-ci ont été hospitalisés la veille au soir pour une intoxication alimentaire.

Décidément, Chloé se dit qu'elle fait dans le métier des premiers pas bien piteux. Elle se trouve ridicule, avec son dossier sous le bras. Elle aimerait au moins écrire un rapport un jour, être utile, aider quelqu'un à sortir de sa misère…

Elle songe à la femme rue Copreaux et décide

de tenter de nouveau sa chance de ce côté. Peut-être a-t-elle regagné son squat ?

Après avoir demandé à la gardienne dans quel hôpital on avait emmené les vieillards malades, Chloé va prendre un métro qui la reconduira à la station Pasteur.

En chemin, elle repense à Quentin, ne parvenant pas à analyser pourquoi ce garçon qui est plus jeune qu'elle l'attire autant. Il y a quelque chose en lui d'énigmatique qui affleure parfois vivement dans son regard, dans ses expressions, qui ne sont pas toutes en rapport avec son jeune âge.

On dirait qu'il possède un secret. Tout comme elle ! Un secret que ses grands yeux noirs dissimulent de leur ombre un peu mélancolique. Ce secret, elle se promet de le découvrir. Quand cela sera fait, elle lui avouera le sien. Cela la libérera d'un lourd et encombrant bagage qu'elle peine à traîner seule.

Il est dix heures quarante-cinq lorsque Chloé gravit l'escalier de bois branlant qui mène à la chambre de la vieille pocharde de la rue Copreaux.

Au même instant, l'inspecteur Sébastien

Victor et son collègue Mallet quittent le Quai des Orfèvres pour se rendre au même endroit. Ils ont tardé un peu à la suite du coup de téléphone de Canard, à cause d'une brève réunion improvisée dans le bureau du commissaire Lauréga. Il a fallu diviser les équipes. Deux inspecteurs, des légistes et une armée de techniciens ont été dirigés vers le lieu du massacre récent, à charge pour Victor et Mallet de ramener Bancloche… Si Canard a vu juste !

Donc, Chloé monte l'escalier.

Deux portes sur le palier. L'une est impraticable. Elle cogne à la seconde. On n'ouvre pas mais elle entend chuchoter derrière. Elle frappe une nouvelle fois, un peu plus fortement, en disant qu'elle s'appelle Chloé Thuillier, qu'elle est assistante sociale à la mairie et qu'il n'y a rien à craindre d'elle… Bien au contraire !

Elle perçoit des bruits de pas, le son d'une porte que l'on ferme et le cliquet d'un verrou. Puis quelqu'un traîne les pieds lourdement et la porte du palier s'ouvre sur un débris de femme édentée, le visage creusé de rides crasseuses, les yeux blancs, des yeux d'eau morte.

« Voui ? fait la vieille avec un hoquet aviné.

— Je peux entrer, Madame ?

— J'préfère pas, Miss. On a pas pris rendez-vous et j'ai des affaires urgentes sur le feu. J'suis en pleine biture ; y'a qu'un seul moyen pour la chasser, c'est de la recouvrir d'une autre couche ! »

Chloé jette un œil dans la pièce, apercevant la porte, en face. Elle est saisie d'un pressentiment désagréable dû au fait qu'elle croyait que la femme serait seule. Mais là, elle lui cache délibérément la présence d'une seconde personne.

Et c'est la maison où un crime a été commis !

La jeune fille improvise :

« Je viens de la part de monsieur Bernard Brugidou… Diogène !

— Connais pas ! »

Chloé se trouble. Elle ajoute :

« Il vous a fait porter des provisions et des couvertures tôt ce matin. Un garçon vous les a déposées près de votre lit car vous étiez absente à ce moment.

— J'ai pas bougé, petite. J'te dis, quand j'ai une muflée sévère, j'quitte pas mon tombeau. Y'a personne qui m'a livré les cadeaux dont tu parles. Le père Noël est pas passé ! »

Chloé sent les larmes lui monter aux yeux. Quentin lui aurait menti ! Mais pourquoi ? Pourquoi ? Pas lui ! Pas le seul ami qu'elle ait trouvé depuis longtemps.

« Laissez-moi entrer, Madame, je vous en prie… Nous devons parler. »

La vieille se demande pour quelle raison cette gamine a d'un coup les prunelles floues de larmes prêtes à les noyer entièrement.

La pocharde se retourne vivement sur la porte verrouillée, derrière elle. Puis elle soupire, hausse les épaules et s'écarte. Mais elle arrête brutalement Chloé d'un violent geste de la main quand celle-ci s'apprête à pénétrer dans la pièce.

« T'es pas venue toute seule, la pivoine ! »

La jeune fille s'étonne et assure :

« Si, je vous le jure ! Je passe juste vous poser quelques questions pour…

— Tais-toi ! »

La vieille a pâli. Ses lèvres froncées et racornies se mettent à trembler. Elle se penche pour tendre l'oreille vers l'escalier.

« T'as vu personne, en bas ? demande-t-elle dans un souffle.

— Non. »

La peur de la femme est communicative et Chloé la ressent avec son odeur salée de sueur.

La pocharde fixe encore une fois la porte au fond de la pièce. La détresse, l'interrogation et la panique traversent l'eau glauque de son regard.

« Oui, oui… dit-elle en un souffle. Entre vite ! Oh, bon Dieu de bon Dieu, qu'est-ce que j'ai pas fait en adoptant ce grand Black, moi ! »

Chloé est littéralement tirée dans la chambre par la vieille pocharde, qui referme aussitôt la porte en enclenchant l'unique et médiocre petit verrou dont elle est munie.

« Bon Dieu de bois ! T'entends ? Il monte l'escalier… Il a retrouvé le Black… Il vient le tuer et lui arracher la gorge ! Il va nous crever toutes les deux, en plus ! Mais t'aurais pas pu rester derrière ton bureau, la pivoine ? »

La vieille se précipite sur la porte verrouillée et crie à travers :

« Y'a quelqu'un qui monte ! C'est ton lion, hein ? C'est un des tueurs dont tu m'a causé, gars ?

— Qui est derrière cette porte ? » s'inquiète Chloé, que la peur qui emplit maintenant toute la pièce étouffe et glace.

La vieille ne répond pas. Elle parle au bois de la porte.

« Moi, j'm'en fous de claquer, tu le sais ! Mais y'a une gamine avec moi qu'a rien à faire dans tes histoires… Faut que tu l'aides à se sauver. Tu m'écoutes ? »

Elle reprend son souffle alors que les pas qui gravissent l'escalier se rapprochent et que Chloé peut maintenant les compter tous, lents et précis. Méthodiques…

La vieille implore :

« C'est une enfant… Une toute belle, toute mignonne… et qui doit pas mourir sous les griffes de ton boucher… Sors, Bancloche ! Sors ! »

Chloé ne sent plus ses jambes qui sont devenues dures comme de la glace. En une fraction de seconde, elle saisit une multitude de détails qui lui explosent dans la tête… Quentin savait… Il a menti pour la protéger ! Il savait… Elle n'a pas le temps de se demander comment ni pourquoi. Le verrou est retiré, la porte de la seconde pièce s'ouvre et un grand et bel homme fait un pas. Une plaie récente traverse son visage noir en un trait rose.

Chloé pousse un cri pointu et recule de terreur en voyant que l'homme porte au bras droit un gant de fer qui se termine par quatre longues griffes.

chapitre 14

Le Lion

Les événements s'enchaînent ensuite à une vitesse frénétique et Chloé est prise dans leur cauchemar.

La porte du palier est frappée à grands coups violents qui l'ébranlent. Le bois se déchire, explose en dizaines d'esquilles, s'éventre… Ce sont des griffes énormes, des griffes d'acier qui lacèrent la porte et la font voler en éclats.

« Fais quelque chose, Bancloche ! Bouge-toi, mon grand Black ! »

L'homme reste immobile, statufié dans sa peur, comme en transe. La vieille femme a happé Chloé et l'a plaquée contre elle en la protégeant de ses bras. La jeune fille est dans son odeur, dans sa crasse, mais ce sont des remparts qui, étrangement, la rassurent.

Si l'homme ne restait pas sur le seuil de la seconde pièce, la pocharde et la jeune fille pourraient tenter de s'y réfugier. Mais Bancloche ne bouge toujours pas. Il est ailleurs. Hors de son corps…

Il applique les enseignements de Léopold, le sorcier qui a tant appris aux Neveux et qui lui a offert son affection dès son plus jeune âge.

Il domine sa peur sans la refuser. Pareil à l'animal qui doit livrer un combat, conscient que la mort prendra obligatoirement l'un des deux adversaires.

Bancloche vient de pratiquer la « passe »… Il n'est plus un homme civilisé mais un animal. Un fauve aux muscles souples, aux réflexes vifs, sans âme… Seulement un corps adroit et agile qui va se battre pour éviter d'être détruit.

C'est ainsi qu'il a surpris et tué le premier assassin envoyé par Oméda et qu'il lui a volé son gant, s'en emparant comme il lui aurait arraché le cœur.

Oui, Bancloche a triomphé dans ce combat

violent et primitif. Sa victoire lui a octroyé la force de sa victime. Il porte ses griffes pour s'opposer au second tueur.

Chloé hurle. La porte s'abat, déchiquetée. Un homme bondit dans la chambre, toutes griffes en avant. C'est un Africain d'une taille immense et d'un poids colossal. Sous lui, le sol ploie et se plaint.

D'un rapide coup d'œil, il évalue les lieux et esquisse un mauvais sourire en voyant Chloé, petit bouquet fragile et tremblant dans les bras de la matrone.

Puis il avise Bancloche.

« Tu as tué mon frère, Manska ! Je t'ai gardé en dernier… Le Cercle n'est plus que cendres au vent ! »

Bancloche ne fait pas un geste. Seules, ses mâchoires se serrent et l'on entend grincer ses dents.

« Tu m'as compris, Manska ? J'ai effacé le Cercle. La Famille est morte ! Lorsque j'en aurai terminé avec toi, petit lionceau, le président Oméda pourra dormir en paix. Ton Afrique n'existe plus… Toi et ta petite société secrète, vous n'êtes déjà plus que du passé. »

La voix de Léopold résonne dans l'esprit de Richard Manska :

« Le Lion est orgueilleux. Il ne peut s'empêcher d'humilier sa proie avant de se jeter sur elle. Il tente de lui faire perdre le contrôle de ses émotions en l'intimidant, en se moquant d'elle… Si tu es sourd à la voix du Lion, tu as une chance de le vaincre car il n'aura pas prise sur ton esprit. »

La voix du tueur :

« Cinq coups de patte, cette nuit ! Ce fut si facile… Le traître que vous avez accueilli dans le Cercle n'a eu qu'à me conduire… Et j'ai griffé ces cinq misérables petites vies ! »

L'assassin se met alors à danser d'un pied sur l'autre, en rythme, tout en souplesse, semblable à un fauve. Car ce sont bien deux animaux qui vont s'affronter.

Le Lion s'élance en un bond prodigieux sur Bancloche. Celui-ci réagit trop lentement. Il tente d'esquiver le choc en glissant sur le côté, mais il est projeté en arrière et se reçoit violemment contre le chambranle de la porte.

Le géant lève son bras ganté et l'abat. Bancloche incline la tête à temps. Les griffes d'acier s'enfoncent dans le plâtre du mur. Le jeune homme en profite pour se couler entre les jambes de son adversaire qui se retourne aussitôt, prêt à frapper une nouvelle fois.

Bancloche n'a pas choisi d'être un lion au cours de ce combat. Il ne cherche à frapper ni avec dignité ni avec une mâle et stupide fierté.

De sa serre d'acier, il accroche le mollet du géant et fouille de toutes ses forces dans la chair à la rencontre de l'os. L'homme se défait de la prise en criant et en jurant, battant et frappant dans le vide sous l'emprise de la douleur. Bancloche se redresse à demi et, le dos rond, recule vers la vieille femme et Chloé pour les protéger de son corps afin qu'elles puissent s'enfuir de la pièce… Chloé a compris. Elle esquisse un pas.

« Oui, oui… » murmure la matrone.

Le tueur a le visage déformé par la souffrance. Il boite en progressant à pas mesurés dans la direction du trio.

« Le Lion est blessé », murmure Bancloche à l'adresse des deux femmes.

Mais il ne peut prévoir que l'animal puise en lui des ressources de volonté et de courage tapies au plus profond de son être.

Jouer la faiblesse est une ruse que les prédateurs utilisent au moment opportun pour endormir leur proie. Le géant fait siffler son bras devant lui. Le gant avec ses griffes trace un demi-cercle d'argent parfait et fauche Bancloche qui éructe un gloussement étonné, un gargouillis ridicule… Il s'effondre et une gerbe de sang l'accompagne dans sa chute. Un arc liquide, rouge…

Les yeux du tueur plongent dans ceux de Chloé et la foudroient de leur haine, de leur cruauté bestiale.

Bancloche, qui gît sur le sol, est secoué de quelques spasmes et griffe le plancher comme s'il tentait de se retenir à la paroi abrupte d'une montagne. Au mur de sa vie…

« Sauve-toi, petite ! » a crié la vieille femme en poussant Chloé avec toute son énergie vers la porte donnant sur le palier.

La jeune fille s'envole. Le géant la cueille d'un rapide coup de patte. Il l'a frappée au front du plat de son gant et elle est tombée sans un cri, s'étalant en pétales brisés… Rouges, jaunes, bleus…

La vieille femme voit alors le gant, rouge du

sang de Bancloche, se préparer à achever la blessée. Elle ferme les yeux, certaine que sa vie aussi va s'achever dans ce taudis...

Elle ferme les yeux et attend. Dans le noir, elle entend une détonation, la chute d'un corps, des cris, des appels...

Quand elle rouvre les yeux, elle voit deux types qui s'affairent sur les gisants. L'un comprime la blessure à la gorge de Bancloche avec des gestes de professionnel, l'autre examine la pivoine...

Des agents envahissent la pièce. La vieille femme est soutenue par deux d'entre eux. Elle éprouve une agréable surprise devant tant de prévenance. La pièce tangue autour d'elle. Elle est en sueur, elle voudrait boire... boire des litres et des litres de vin.

On parle. Les voix sont lointaines, déformées.

« Deux brancards, les gars, vite...

— Qui c'est, cette fille, Sébastien ?

— Je ne sais pas, Mallet... Mais elle est mal en point. Elle a reçu un méchant coup au front. Et Bancloche ?

— J'empêche le sang de sortir... Faut se dépêcher...

— Sans l'intervention de Canard…

— Je sais, Sébastien ! Je te jure que je ne dirai plus de mal de ton oiseau… »

La pocharde s'assied sur le lit avec l'aide de ses anges gardiens. Là, elle découvre l'ampleur du drame. Un rot pointu et acide lui remonte de l'estomac.

L'immense carcasse du Lion s'étend lamentablement devant la porte et des agents sont obligés de l'enjamber pour entrer avec les brancards.

La vieille femme sourit et s'évanouit.

chapitre 15

Chez Diogène

Ce lundi, en fin d'après-midi, à la sortie de ses cours, Quentin se rend directement auprès de Diogène, s'inquiétant de sa santé. La température a chuté de nouveau, au sol la neige se transforme en glace.

Le garçon trouve son ami emmitouflé dans une épaisse couverture en laine polaire, un bonnet de coton enfoncé jusqu'aux sourcils, les pieds sur un bidon empli d'eau chaude. Tel un explorateur dans son igloo. L'eau pour le thé est en train de chauffer sur le réchaud.

« Je me doutais que tu viendrais… Je l'espérais ! »

Quentin dégage une chaise de ses livres et s'y s'assied.

« Toute la journée, je n'ai pensé qu'à toi, Diogène. Tu sais, je commence à croire que tu pourrais espérer quelque chose de mieux que cette bonde ! »

Le vieil homme a une réponse inhabituelle :

« Nous en reparlerons ! »

Puis, se penchant vers son ami, il lui demande :

« Tu n'as pas écouté la radio dans les heures récentes, je présume ?

— Comment aurais-je fait, j'étais coincé en anglais, puis en chimie ! Pourquoi ? Il y a du neuf dans l'affaire des Namangais ? »

Diogène sourit en coin. Ce petit sourire alerte Quentin. Il n'est pas normal. C'est un semblant de sourire, mécanique et artificiel.

L'homme reprend :

« Tu as joué la scène préférée de Canard, ce matin ? Ne me dis pas que tu as résolu l'énigme des massacres de Namangais en un week-end ?

— En partie, oui, affirme Quentin. Ce n'était pas sorcier… Il suffisait de partir du premier meurtre… Une substitution d'identité entre la victime et son tueur ! Si mon père met la main sur Bancloche, eh bien, il ne restera plus qu'à faire parler celui-ci pour avoir enfin la clef de l'énigme.

— Justement, soupire Diogène. Justement ! Ton père a suivi les conseils de Canard et a trouvé le Namangais que tous croyaient mort. Et grâce à toi, trois vies ont été sauvées… Ils ont résumé le drame, aux infos, tout à l'heure. Les inspecteurs Victor et Mallet passent même pour de véritables héros ! »

Quentin sent bien que Diogène lui cache quelque chose.

« De quelles vies sauvées parles-tu ? »

Le vieil homme désigne la casserole d'eau qui bout. Quentin lui fait signe de ne pas bouger et se charge de jeter une pincée de thé fumé dans l'eau et de placer un couvercle sur la casserole.

« Tu as un truc à me dire qui te colle aux dents, Diogène !

— Oui… Mais d'abord, mets-toi dans le crâne que tu as eu une rudement bonne idée de téléphoner ce matin à ton inspecteur de père ! Il a pu abattre le dingue qui venait de massacrer cinq nouveaux Namangais dans la nuit… Dans le chantier d'une usine en construction, sur le bord de Seine. Ton père ne l'a pas tué. Le type s'en remettra et aura beaucoup de choses à dégoiser…

— Et Bancloche, il va bien ? C'était lui… Je ne m'étais pas trompé ! C'était lui, derrière la porte. La vieille pocharde l'hébergeait et le soignait. »

Diogène danse d'une fesse sur l'autre. Il se décide enfin :

« Bancloche a été assez gravement blessé à la gorge par le tueur. Oui, il y avait deux autres personnes avec lui dans la pièce. La vieille femme et… »

Quentin se renverse en arrière, comme sous le choc d'une décharge électrique. Son sang quitte son visage et il devient livide.

« Chloé ! Elle est retournée là-bas pour voir la vieille ! »

Diogène pose une main sur le genou tremblant de son ami. Tout bas, de sa voix douce et lente, il dit :

« Il y avait la petite sauterelle bariolée qui t'a tapé dans l'œil vendredi. Elle était sans doute venue faire sa pub pour ses hospices sociaux auprès de la S.D.F. qui abritait Bancloche… »

La voix de Quentin n'est qu'un murmure au bord du sanglot.

« Elle a été blessée ou...? »

Diogène clique son petit sourire de circonstance qui s'accroche dans le grillage de ses rides.

« Blessée, Quentin. Seulement blessée ! Le tueur l'a frappée en plein front et l'a assommée. À la radio, ils ont dit qu'elle était dans le coma. Tu as l'air effondré, garçon ; tu la connaissais à peine.

— Un peu plus que tu ne le crois », lui précise Quentin.

Et il lui résume leur rencontre, ce matin. Leur conversation au bistrot, boulevard Pasteur, les chocolats chauds, leur souhait d'aller à la piscine ensemble, son baiser...

Sur le genou de Quentin, l'épaisse main de Diogène resserre son étreinte et se fait présence amicale, rassurante.

« Dans quel hôpital a-t-elle été conduite ? demande le garçon.

— Je l'ignore. Tu pourrais passer un coup de fil à ton père, qui te renseignerait. Tu n'es pas obligé de lui dire grand-chose. Tu as appris qu'une amie s'est trouvée par hasard sur les lieux du drame, que tu désires lui rendre visite et tu files… Si tu le veux, je peux même… Enfin, je peux t'accompagner ! »

Quentin pose sa main glacée sur celle de son vieil ami.

« Merci, Diogène. Mais je sais que tu es incapable de rester cinq minutes dans le métro ou dans un bus ! J'irai tout seul. Merci quand même ! »

Il se lève. La main de Diogène glisse de son genou à regret, comme un animal déçu de quitter la chaleur de son maître.

« Tu ne bois pas une tasse de thé ? »

Quentin secoue négativement la tête. Il regrette de rompre leur rituel, mais Chloé a envahi son esprit et son cœur. Elle est dans le coma, immobile dans un lit, loin de lui et pourtant en lui… Toute en lui.

À cet instant, en l'observant, Diogène devine qu'il commence à perdre Quentin. À le perdre un peu à cause de l'adolescence qui balaie quotidiennement l'insouciance de son enfance.

« Je repasserai bientôt, Diogène. Garde-toi au chaud ! »

Il n'a pas donné de date. Il a dit seulement :

« bientôt ». Le vieil homme a enregistré la nuance et se dit qu'il va devoir partager le seul ami qu'il ait jamais eu.

Quentin sort de la bonde, se fait enlever par la neige qui s'abat et disparaît dans l'ombre du soir.

Diogène écoute chanter le périphérique et s'enfonce dans une somnolence mélancolique, laissant refroidir le thé sur le réchaud éteint.

chapitre 16

Celui qui reste

Quentin est parvenu à joindre son père sur son portable. Suivant les conseils de Diogène et prenant soin de rester dans le vague, il a pu apprendre que Chloé et Bancloche ont été conduits à l'hôpital Saint-Jacques, et le tueur à la Salpêtrière. Le Namangais est tiré d'affaire et a subi une opération avec succès. Quant à Chloé, elle n'a toujours pas repris connaissance malgré les soins aussitôt prodigués. Le scanner qui lui a été fait est cependant rassurant et ne montre qu'une légère lésion au cerveau… Une minuscule tache de sang. Les médecins ont certifié à sa famille qu'il ne fallait pas craindre de séquelles irréversibles.

« Tu ne m'as jamais parlé d'elle, s'étonne son père. C'est ta petite amie ?

— Non… Enfin, pas encore, p'pa. À vrai dire, je la connais depuis peu ; je t'expliquerai. Il est trop tard pour aller à l'hôpital, hein ? Ce n'est plus l'heure des visites.

— Tu es chez ta mère ? Je passe te prendre, je dois voir Bancloche. Les toubibs m'ont affirmé qu'il sera en état de parler si je ne le fatigue pas trop. Je veux juste que le pauvre type reconnaisse ses amis d'après leurs photos. La psychologue de mon équipe pense que les Namangais formaient une société secrète qui gênait quelqu'un de haut placé. On ne tue pas huit personnes pour rien ! Surtout des gens qui étaient tout sauf d'authentiques sans-logis… »

Quentin se retient de préciser qu'il en était arrivé à cette conclusion de son côté.

Son père poursuit :

« Rien ne nous dit que l'affaire est terminée ! Qui sait s'il ne reste pas d'autres Namangais en danger ? Attends-moi, j'arrive…

— Entendu, p'pa. Merci ! »

Quentin raccroche. Il est seul dans l'appartement, sa mère l'ayant prévenu qu'elle risquait de rentrer tard à cause d'un cocktail à la librairie.

Il lui écrit un mot rapide sur l'ardoise de la cuisine et va attendre son père dans le salon, avachi dans un fauteuil, figé et muré dans sa peine.

Il ne patiente qu'une trentaine de minutes et le téléphone sonne. C'est son père qui, de la voiture, le prévient qu'il est en bas de l'immeuble.

Quentin le rejoint pour filer vers l'hôpital Saint-Jacques. En cours de route, il apprend de son père que Bancloche, après avoir tué son agresseur et l'avoir habillé de ses hardes, s'était réfugié dans la pièce attenante à la chambre de la vieille femme. Son intention était de guérir au plus vite de ses blessures et de joindre les autres Neveux...

La pocharde avait trouvé Bancloche en fin de matinée, alors que les enquêteurs venaient de quitter les lieux. Le Namangais s'était dissimulé dans un débarras. Il avait de la fièvre et une large entaille au visage saignait abondamment...

À l'hôpital, les chambres de Bancloche et de Chloé sont mitoyennes. Entre les deux, un agent, assis sur une chaise, monte la garde. Il se lève en voyant arriver l'inspecteur Victor, qu'il salue très respectueusement.

« La petite ? demande Sébastien avec un mouvement de menton.

— Sa mère vient de la quitter, Inspecteur. Elle aurait ouvert les yeux une ou deux fois.

— Très bien. Voici mon fils, Quentin… C'est un ami de la gamine, il va la voir cinq minutes. Moi, je dois cuisiner Bancloche. Il est sorti du coltard ?

— Oui. Le chirurgien a demandé que j'aille le chercher quand vous seriez arrivé.

— Allez-y, je l'attends dans la chambre. Je ne parlerai qu'en sa présence, pour le rassurer. »

Puis, passant la main dans les cheveux de son fils, Sébastien Victor lui murmure :

— Entre, mon grand. Ne porte pas trop d'intérêt aux tuyaux et à tout le bazar des machines… »

Quentin ouvre la porte de la chambre et pénètre dans son univers bourdonnant, regrettant d'y trouver une infirmière qui veille la blessée. Il lui adresse un petit salut de la tête et s'approche du lit où repose Chloé, raide sous ses draps, le front bandé et relié à des machines murmurantes qui s'accrochent à elle comme des araignées.

Son visage à la peau mate est légèrement gris et ses yeux clos, avec leurs paupières alourdies, lui donnent l'aspect d'une morte.

« Elle s'est réveillée », prononce l'infirmière avec une extrême douceur.

Il se sent gauche et ses mains grignotent le tissu de son jean le long de ses cuisses. Il fait un pas supplémentaire pour être tout près du lit.

Il oublie la présence de l'infirmière et reste un long moment à regarder la blessée en méditant sur les étranges et cyniques arabesques du hasard. S'il ne l'avait pas rencontrée devant le squat, ce matin, s'il ne lui avait pas proposé d'aller passer un moment dans un café, Canard aurait téléphoné plus tôt à son père, qui serait intervenu plus rapidement, et elle n'aurait pas été prise au piège du tueur…

Mais c'est aussi lui, Quentin le Canard, qui a éveillé l'attention des inspecteurs sur Bancloche et qui a contrarié le destin… Qui a fait que son père abatte l'assassin et sauve Chloé !

C'est comme un cercle, pense-t-il. Un cercle qui contient tous les événements, intangibles et plantés comme des bornes. On ne peut en changer le cours des épisodes qu'en prenant telle ou telle place sur le cercle… Une ronde idiote !

Il pose sa main sur l'épaule de Chloé et devine sa peau nue sous le drap.

« Ça ne sera rien, croyez-moi », lui chuchote l'infirmière.

Il la remercie du regard, touché de sa gentillesse consolante. Puis il se penche sur la jeune fille et, mis en confiance par la femme, embrasse sa joue. Au coin des lèvres. Comme pour répondre au baiser qu'elle lui a donné ce matin. Il y a un siècle.

Quand il se redresse, il accroche le regard attendri et souriant de l'infirmière. Il va pour se retirer quand la porte s'ouvre sur un docteur. Il a la peau noire, un large sourire, et, apercevant Chloé, s'excuse de s'être trompé de chambre.

« Qui cherchez-vous, Docteur ? demande la femme.

— Le blessé de la rue Copreaux. »

Quelque chose grince dans l'esprit de Quentin.

« Il est à côté, Monsieur. »

Le médecin remercie en agrandissant son sourire et ressort, naturellement, d'une démarche dansante et décontractée.

Quentin a tout saisi. En une fraction de seconde, il s'est rappelé que l'agent en faction était parti à la recherche du chirurgien, laissant son poste vide, que son père est seul et vulnérable au chevet de Bancloche… Un atome de seconde… Fulgurant… Pour noter que les chaussures du docteur sont crottées et que le bas de son pantalon est blanc de plâtre… Une poussière de temps… Rien de plus pour se remémorer que Diogène lui a appris que cinq Namangais avaient été tués cette nuit sur un chantier…

À la surprise de l'infirmière, Quentin se jette hors de la chambre. Il manque de glisser dans le couloir, se rétablit, voit le docteur ouvrir la chambre de Bancloche puis fourrer sa main dans la poche de sa blouse. Le docteur a aperçu l'inspecteur Victor et pousse un juron.

« Papa ! crie Quentin. Papa, ce n'est pas un toubib ! »

Quentin se jette sur le bras droit de l'homme et s'y accroche, lui interdisant de sortir l'objet de sa poche. Sébastien Victor a bondi de sa chaise. En trois enjambées il est sur l'homme et le ceinture, quand l'agent accompagnant le chirurgien se précipite pour l'aider.

« Les menottes ! » fait Sébastien.

L'homme se débat en vain.

Sébastien Victor retire un couteau à cran d'arrêt de la poche de sa blouse et jette un regard étonné à son fils.

« Ne pense pas trop, p'pa… Je t'en prie… Ne me regarde pas comme ça ! Ne découvre pas mon secret maintenant ! »

Mais la prière muette du garçon n'empêche pas son père de lui demander :

« Comment as-tu su ?

— Ses chaussures, elles sont pleines de boue. Tu as déjà vu un toubib aussi peu soigné, toi ? L'infirmière qui surveille Chloé n'a pas semblé le connaître… Et puis, tu n'as pas arrêté de me parler de Namangais, ce week-end ! Voilà où conduisent les obsessions ! »

Une voix faible et engorgée de glaires articule :

« C'est lui... C'est donc lui, alors ? Idé Kizélé... Lui, le traître ! »

Bancloche s'est redressé et se retient avec mille peines sur l'un de ses coudes. Il regarde le faux docteur et souffle :

« Le Lion a perdu... Le Cercle demeure puisqu'il en reste un... Un Neveu ! Un seul... Ce qui revient au même... UN et TOUS sont semblables... L'Oncle peut venir... Moi, je suis là pour le recevoir ! Enfin... Enfin, la Vérité va pouvoir sortir de la Nuit !

— Le pauvre vieux, il délire », dit l'agent.

Ce n'est pas l'avis de Quentin. Il est convaincu que Bancloche a résumé l'affaire des Namangais à l'aide de ces quelques phrases décousues.

L'histoire d'une société initiatique faite d'une poignée d'idéalistes, d'une vérité à préserver, d'un traître... Une histoire de famille !

chapitre 17

L'Oncle

« **Alors ?**

— Alors quoi ? » demande Quentin en riant.

Diogène secoue la tête de gauche à droite en un signe de lassitude feinte. Quentin s'en amuse et répond :

« Bancloche a tout raconté à mon père, puis au juge, et enfin à un secrétaire d'État du ministère des Affaires étrangères.

— C'était donc une affaire d'État ! s'exclame le vieil ermite.

— Tout juste ! Bon, je te résume ce que j'ai appris de l'histoire, mais tu ne m'interromps pas, promis ?

— Juré ! »

Quentin lui livre ainsi la version reconstituée des faits qui ont coûté la vie à neuf braves gens anonymes, petits soldats de la liberté et de la vérité qui se sont sacrifiés pour faire tomber un tyran.

« Il existe au Namanga une société secrète vieille comme le pays lui-même. Cette confrérie s'appelle la Famille et ses membres se reconnaissent sous le vocable de Neveux. C'est une société amicale et fraternelle qui développe l'entraide discrète et la bienfaisance. Elle travaille auprès des orphelinats, des écoles, des centres de soins… Une sorte d'Église laïque qui joue aussi le garde-fou moral de la démocratie, préservant quelques bonnes vieilles valeurs, de solides traditions et un antique sens du devoir. Le président Lidéréma faisait partie de la Famille. Il avait été initié dans les années 1960 par un ami d'université, un certain Léopold Kanaoué…

« Avec le temps et l'usure du pouvoir, Lidéréma devint une sorte de vieux monarque à qui l'on reprocha bientôt une mauvaise gestion de l'économie nationale ainsi que quelques toquades en matière de politique étrangère… Mais les Neveux, auxquels il accordait encore sa confiance, et surtout Léopold, qui jouait le rôle de son conseiller secret, l'empêchèrent de commettre des fautes irréparables. Le pays conservait sa démocratie et ses libertés malgré une opposition de plus en plus puissante au sein de l'armée, influencée par le colonel Oméda.

« L'année qui précéda la mort de Lidéréma fut agitée de troubles, de provocations et de soulèvements populaires, tous fomentés par une phalange paramilitaire à la solde d'Oméda. Cette ligue constituée pour ébranler le pouvoir s'appelait le Lion. Elle était composée de tueurs implacables qui éliminaient progressivement tous ceux qui soutenaient Lidéréma… Des intellectuels, des chefs d'entreprise, des journalistes…

« Œuvrant en secret, toujours de nuit, le Lion n'était pas inquiété par la police, dont la majeure partie avait rejoint les rangs d'Oméda.

« Le vieux président était encerclé et s'accrochait à la constitution qui l'avait démocratiquement installé à la tête du Namanga.

« C'est au cours de cette année de luttes

internes que la Famille, sous l'impulsion de Léopold Kanaoué, s'engagea plus sérieusement dans son combat contre le colonel Oméda. Les Neveux étaient présents dans tous les rouages de la société et pouvaient agir, chacun à son niveau, informant Lidéréma des périls qui le menaçaient. Les Neveux possédaient en effet des amis dans l'armée, la police, la justice…

« Mais cela ne suffisait pas. Le colonel Oméda les traquait, ayant compris qu'il n'y a pas de pires ennemis que ceux qui appartiennent à une société secrète sur laquelle on ne peut avoir prise.

« Aussi, désormais conscients de leur vulnérabilité, les Neveux prirent l'initiative de dissoudre leur confrérie et de n'en garder qu'un cercle restreint, plus efficace. Quelques compagnons sûrs, se jurant de tout faire pour contrecarrer Oméda.

« Le quinze mai dernier, le président Lidéréma, son ministre de l'Industrie et six conseillers décollaient du Namanga pour le Mali, où devait se tenir un mini sommet africain.

« L'avion n'arriva jamais. On apprit qu'il fut repéré une dernière fois au-dessus de la chaîne de montagnes du Mogova. Il avait dû s'abîmer dans l'un des Grands Lacs, car l'épave ne fut pas retrouvée. Le colonel Oméda, devant la vacance du pouvoir, se présenta comme seul et unique recours. Il fut élu président avec quatre-vingt-dix-neuf pour cent des suffrages !

« Il promulgua aussitôt une série de lois servant à conforter son autorité et décréta illégales toutes les sociétés secrètes, toutes les assemblées politiques ou religieuses…

« Les Neveux entrèrent dans la clandestinité. L'un d'eux fut même arrêté et torturé. C'était Henri Sassou Nguella.

« Oméda le mit en prison dans le but de lui faire rencontrer Idé Kizélé. Lequel devint le compagnon de Sassou Nguella et put ainsi se faire initier dans le cercle des Neveux à sa libération. Qui aurait pu mettre en doute l'intégrité de cet ancien commissaire de police qui venait de subir de terribles supplices dans les geôles d'Oméda et qui ne jurait que par la vengeance ?

« Car Oméda ne redoutait plus qu'une chose… C'est que la communauté internationale apprenne qu'il avait maquillé le meurtre de Lidéréma en accident d'avion !

« En réalité, l'avion ne s'est jamais écrasé. Son pilote l'a posé dans une clairière où l'attendaient des tueurs du Lion… Ceux-ci massacrèrent ses occupants, qu'ils enterrèrent dans la forêt. L'avion fut ensuite dépecé, découpé en mille pièces. Toutes, jusqu'au moindre boulon, furent alors chargées dans des camions et rapportées dans une caserne de la capitale…

« Il ne restait plus une seule trace, plus un indice… Il ne subsistait plus rien de ce crime parfait. Des enquêteurs internationaux pouvaient venir fourrer leur nez dans cette affaire, ils ne trouveraient rien. L'avion n'avait pas pris sa route habituelle et son dernier message avait été un leurre… Quant au président Lidéréma et aux siens, ils pourrissaient maintenant au cœur d'une épaisse forêt ! Oméda annonça au monde entier la mort accidentelle du président Lidéréma. »

Quentin marque une pause dans son récit. Il sourit devant l'expression captivée de Diogène. Celui-ci montre cependant qu'il est en attente de nouvelles informations. Il manque un chapitre aux aventures des Neveux. Cela ne suffit pas. Il devine une partie du dénouement… La fuite des membres de la Famille, qui viennent se cacher dans Paris… Oméda, qui a lancé ses tueurs… Le traître Idé Kizélé, qui guide ces derniers. »

L'ermite, qui connaît le petit défaut de cabotinage de Quentin, s'efforce de ne pas trahir son impatience. Il devine que le garçon ménage ses effets.

« Tu ne veux pas que je prépare un thé, Diogène ?

— Non, plus tard…

— Comme tu voudras. Je suis persuadé que tu meurs d'envie de connaître la fin de mon histoire.

— M'mmm…

— Je t'ai dit que les Neveux entretenaient des relations dans bon nombre d'institutions. Même dans la garde rapprochée d'Oméda, qu'ils étaient parvenus à infiltrer des années plus tôt. Ils avaient une taupe dans le propre entourage du tyran ! C'est cet espion qui leur apprit la mise en scène du meurtre de Lidéréma, en leur précisant l'endroit exact où il avait été enseveli, le corps criblé de balles.

« Les Neveux n'eurent plus qu'un seul but. Ils devaient prouver au monde que le président

Oméda était un assassin. Il leur fallait agir vite car Oméda venait de démasquer leur espion, à qui il fit avouer sous la torture qu'il avait renseigné la Famille.

« Oméda ordonna aussitôt à ses tueurs de déterrer le cadavre du président assassiné pour que nul ne le découvre. Mais les hommes du Lion creusèrent en vain la terre où ils avaient inhumé leur victime ! Les Neveux étaient déjà passés et avaient emporté les restes de Lidéréma. Ils détenaient la preuve du crime !

« Léopold Kanaoué avait déterré son ami. Et c'est lui, le vieux sage Léopold, qui monta le plan visant à faire comparaître Oméda devant un tribunal international. Il chargea ses dix Neveux de cette mission… Il avait confiance dans le gouvernement français et ce serait de Paris que la bombe dirigée contre Oméda exploserait.

« Les dix Neveux devinrent des vagabonds anonymes, attendant leur Oncle… C'est ainsi qu'ils appelèrent celui qui les aiderait à abattre Oméda.

« Sans l'Oncle, ils ne prouveraient rien ! Ils pouvaient tous mourir, sauf un ! Un seul ! Oui, il était impératif que demeure un survivant de leur société secrète pour accueillir l'Oncle. »

Une lueur malicieuse traverse le regard de Quentin, qui attend une question de Diogène. *La* question…

« D'accord, Quentin… Qui est ce fameux Oncle ? »

Le garçon dit :

« Ah oui… J'ai oublié de te donner le surnom que les Neveux avaient attribué au président Lidéréma. Un patronyme amical et affectueux : l'Oncle ! »

Diogène se redresse sur sa chaise et siffle entre ses dents. Puis il éclate d'un bon gros rire, comme sous le coup d'une blague énorme. Il s'exclame :

« Les Neveux attendaient le cadavre du président Lidéréma ! Quelle autre preuve plus flagrante pouvaient-ils en effet présenter pour confondre Oméda ? Le corps truffé de balles d'un homme qui est censé être mort noyé dans la carlingue d'un avion ! Comment s'y sont-ils pris ? »

Quentin précise :

« C'est Léopold Kanaoué qui en a eu l'idée,

aidé par Khady Oulouna, qui était conservateur au Musée d'art primitif namangais… Cette dernière à monté hâtivement une exposition itinérante sur les rites funéraires namangais. Avant de fuir son pays, Madame Oulouna a imposé le programme de son exposition qui, depuis, circule dans le monde. L'exposition doit arriver à Paris le cinq janvier pour être présentée au Musée de l'Homme. Et le président Lidéréma vient en personne accuser son assassin. Momifié, le corps recouvert d'argile peinte selon une antique coutume, le mort va porter plainte devant le monde entier ! Bancloche sera là pour le réceptionner…

— C'est une belle histoire africaine ! dit Diogène. Cette crapule d'Oméda sera confrontée à sa victime que les Neveux ont dissimulée parmi les objets d'une exposition ! Une trouvaille géniale ! La pièce maîtresse du plan, *la* preuve que Lidéréma a été assassiné, se balade donc depuis des semaines de musée en musée… Dans des vitrines ! Les Neveux devaient juste l'attendre pour… pour parler à sa place ! »

Quentin précise :

« Bancloche a expliqué à mon père que la

mort n'existait pas pour les Neveux, qui forment une chaîne circulaire dans laquelle vivants et morts ont tous leur place. Les uns sont les voix des autres… Leur tradition appelle cette chaîne le Cercle de la Vie. Il est né dans la nuit des temps et ne s'effacera jamais tant qu'un Neveu sera en vie. Les Namangais, dans leurs légendes, affirment qu'ils peuvent faire parler leurs morts et que ceux-ci, la nuit, désignent les traîtres, les voleurs et les assassins… »

Quentin quitte sa chaise pour faire bouillir de l'eau. Il est l'heure de prendre le thé. C'est une tradition à laquelle il aime se soumettre. L'un des nombreux petits rituels de l'amitié partagée avec Diogène. Quelque chose qui borne le temps, le rythmant avec harmonie.

Il pose la casserole sur la couronne de flammes jaunes, attend que l'eau frémisse pour y jeter une pincée de thé parfumé et, se tournant vers l'ermite, il ajoute :

« Les Neveux ont raison, Diogène. Même mort, le président Lidéréma va parler ! D'après Bancloche, son âme et celles des Neveux tués par le Lion reposent au centre du Cercle de la Vie… Pour qui est initié et a appris à écouter les ombres, il est possible d'entendre murmurer ces âmes qui conseillent, protègent et aiment…

— J'en suis persuadé, conclut Diogène.

— C'était la force de la Famille, ajoute Quentin. Unir les vivants et les morts dans un combat sans merci contre leur tyran… Tenir ! Tenir le temps que l'Oncle arrive en France avec les objets funéraires de l'exposition. Le traître qui s'était glissé parmi les Neveux devait faire en sorte que nul ne puisse récupérer le corps de Lidéréma à Paris. Oméda lui avait adjoint deux tueurs de sa milice, le Lion. Mais les Neveux avaient fait le serment de porter le devoir jusqu'au sacrifice. Et ils ont tenu leur promesse !

— Oui, fait Diogène en servant le thé brûlant. Oui, un peu grâce à toi, Quentin. »

Le garçon sourit et précise en se pinçant le nez :

« Grâce à Canard, surtout ! »

chapitre 18

Les deux amis

Chloé dort. Ce n'est plus le coma mais un véritable sommeil. Elle respire régulièrement et sa poitrine soulève le drap en une lente et tranquille cadence.

Quentin se laisse bercer par ce mouvement qui agit sur son esprit comme une vague calme allant et venant sur un bord de plage.

Comme Chloé est maintenant hors de danger, il n'y a plus de surveillante dans sa chambre.

Il vient la voir chaque fin d'après-midi, s'arrangeant pour arriver après la visite de sa mère. Il a d'ailleurs remarqué que le père de Chloé ne s'est jamais manifesté et il s'est promis d'en découvrir la raison. Plus tard… Lorsque les deux amis se connaîtront mieux.

Chloé dort… Une main dans la main de Quentin dont les paupières s'alourdissent. La chaleur de la chambre, ses odeurs, tout contribue à donner sommeil à Quentin.

Souffrant de résister à cette léthargie qui ensable son cerveau, il préfère s'asseoir sur le bord du lit pour s'adosser contre le mur. Ainsi, plus confortablement installé, Quentin laisse un semblant de sommeil l'envahir.

Chloé écarte un moment les paupières. Elle cherche son ami, qui n'est plus sur la chaise, et réalise qu'il est assis sur le lit. Elle se redresse un peu et vient poser sa joue sur la cuisse de Quentin.

Puis elle se rendort alors qu'il joue avec les mèches de ses cheveux noirs en dessinant des écheveaux imaginaires.

L'esprit de Quentin enroule des rêves clairs que la torpeur rend poussifs.

Il s'abandonne à cet état songeur, heureux et fier que Canard ait compris que Bancloche n'était pas mort… Et surtout que, grâce à Canard, Chloé n'ait pas été tuée par le Lion.

À une seconde près !

La porte de la chambre s'entrouvre lentement, sans bruit, sur la silhouette d'un homme qui n'en franchit pas le seuil. Il regarde juste les deux amis immobiles sur le lit. Le garçon assis et la jeune fille allongée, le front encore bandé.

Malgré son assoupissement, les sens de Quentin demeurent vigilants et l'obligent à ouvrir les yeux pour découvrir Bancloche avec son pansement sur le visage.

En un geste solennel, le Namangais trace dans l'espace un cercle imaginaire à l'aide de son index droit et s'incline aussitôt avec respect devant Quentin, avant de tourner les talons et de refermer la porte de la chambre derrière lui.

« Il nous a bénis ! » pense Quentin, qui garde les yeux dans le vide, à l'endroit où Bancloche a dessiné le Cercle de la Vie. « Il nous a bénis et il m'a remercié… »

Dans le vide… Une circonférence…

Par la pensée, Quentin y pénètre avec Chloé qui lui tient la main. Là, ils ne craignent rien. Tous les lions de la terre, avec leurs griffes et leurs crocs, peuvent s'acharner sur le mur invisible qui protège le cercle… Quentin et Chloé y sont à l'abri. Tous deux avec leurs secrets !

Chloé dort et elle sourit. Sa main au chaud dans celle de Quentin, elle rêve…

Tipik junior

1. *Le grimoire d'Arkandias*, E. Boisset
2. *Arkandias contre-attaque*, E. Boisset
3. *Le sarcophage d'outretemps*, E. Boisset
4. *Sortilège au Museum*, P. Delerm
5. *Meurtre à Honfleur*, M. Delerm
6. *Le signe de Saturne*, J.-Y. Loude
7. *Sacré scarabée sacré*, F. Jay d'Albon
8. *Témoins sur vidéo*, B. Aubert & G. Cavali
9. *À plein tube*, F. Librini
10. *Nicostratos*, E. Boisset
11. *Le manoir d'Orleur*, D. Convard
12. *Indiana Jules*, C. Laborde
13. *Tom chewing-gum*, O. Ka
14. *L'inconnu du 13 octobre*, F. Librini
15. *La nuit de Maï Ahn Li*, J.-L. Estèbe
16. *La cavalière de l'autre rive*, M. Amaury
17. *Pris au piège*, F. Arcis
18. *Le vol du nez*, J.-Y. Loude
19. *Les trois crimes d'Anubis*, D. Convard
20. *Dix petits blacks*, D. Convard
21. *Meurtre à Noirmoutier*, M. Delerm
22. *La fiancée du Nil*, C. Jacq
23. *Le chant sacré des baleines*, E. Simard
24. *Le secret d'Akhénaton*, F. Jay d'Albon
25. *Le maître des éléphants*, R. Guillot

Collection animée par Jack Chaboud

20, rue Berbier-du-Mets
75013 Paris
www.magnard.fr

Loi n° 49-956 du 16-07-1949 sur les publications destinées à la jeunesse.

Conception de couverture : Lonsdale
Photogravure : Dawant Fossard

N° d'éditeur : 2004/300 – Dépôt légal : juillet 2004
Achevé d'imprimer en juillet 2004 par SYL - Barcelone (Espagne)